STÉPHANIE HOCHET

Née en 1975, Stéphanie Hochet vit à Paris. Après son premier roman, *Moutarde douce* (Laffont, 2001), elle a publié *Le néant de Léon* (2003) et *L'apocalypse selon Embrun* (2004).

MOUTARDE DOUCE

POCKET "Nouvelles voix"

PARTAGEZ NOS DÉCOUVERTES !

Karine TUIL
Interdit

Julien BOUISSOUX
Fruit rouge

Collectif
Lettres d'aveux

Olivier CARIZZA
Mon père sera de retour pour les vendanges

Jean-Marie CATONNÉ
Portraits volés

Jean-Philippe BLONDEL
Accès direct à la plage

STÉPHANIE HOCHET

MOUTARDE DOUCE

ROBERT LAFFONT

ISBN 2-266-12559-1

« Sitôt qu'ils peuvent c'est bien simple tous les gens vous font perdre des heures, des mois... vous leur servez comme de fronton à faire rebondir leurs conneries... et bla ! et bla ! et reblabla... une heure de cette complaisance vous aurez quinze jours à vous remettre... bla ! bla !... prenez un pur-sang, mettez-le à la charrue, il en aura pour un mois, deux mois à reprendre sa foulée... peut-être jamais... aussi vous peut-être, d'avoir voulu être aimable, prêter une oreille... »

Céline, *Nord*.

Le Croupissec, le 7/11/1996

Cher Marc Schwerin,

Avec quelle émotion je vous écris !

Vous ne savez pas combien le simple fait de poser votre nom sur le papier me fait trembler comme une jeune fille à son premier bal.

Voilà dix ans que vos écrits nourrissent mon imaginaire des plus belles lettres de notre époque, dix ans que je vous suis livre à livre avec la même régularité religieuse. « Religieuse », voilà qui décrit parfaitement la vie que j'ai menée depuis trente ans dans ce village du Morbihan. Que ce soit pendant mes années à l'école catholique, ou bien mon passage à l'université de Brest (une seule année), je n'ai trouvé l'évasion que dans les livres.

Peut-être ne savez-vous pas combien la vie est ennuyeuse à la campagne, et surtout lorsqu'on a la mauvaise chance d'être issue de la petite bourgeoisie...

Dès l'âge de douze ans, le temps de mes loisirs, mes nuits même furent consacrés à la lecture. Quelques grands noms ont meublé ma vie : Cervantès, Balzac, Proust, Zweig, etc.

Mon seul regret est de n'avoir pu remercier ces auteurs pour le bien qu'ils m'ont fait ; j'ai maintenant la satisfaction de saluer le plus grand d'entre eux.

Marc Schwerin, merci pour votre génie !

Lénaïc Prébault

Ma collection épistolaire s'enrichit chaque jour de nouveaux joyaux.

Je rends grâces au succès de bien vouloir s'attarder sur moi, le temps qu'il lui plaira, et de me confier l'admiration empressée, l'amitié de jeunes inconnues.

Ces lettres constituent un échantillon de jeune sève charmant, touchant, drôle parfois. Si je n'étais pas esthète, peut-être pourrais-je résister à la tentation d'étudier ces épîtres féminines.

Quoi de plus personnel qu'une lettre de jeune fille ? L'exact opposé d'une lettre de jeune homme.

Le succès foudroyant de mes premières années a drainé une série de lettres d'admirateurs épris. Les jeunes gens sont venus à moi avec la délicatesse d'un bulldozer ultra-analysant. Des lettres de huit pages décortiquant *Glasgow Kiss* avec un enthousiasme sévère de rival potentiel, des torchons pédants d'un jeune poète réécrivant mon bouquin en alexandrins...

À vingt-trois ans, je répondais à tous les courriers, me gargarisant des compliments comme des jalousies ; je gardais précieusement toutes les correspondances. De quoi me constituer de jolis souvenirs au cas où le destin déciderait, un beau matin, de me priver de lecteurs avides. Le succès a duré. Grâce aux femmes. Rectifions ce substantif incorrect pour mon goût car farci de sous-entendus « politically correct » à l'américaine ; je n'aime pas le mot « femme » et l'utilise, presque superstitieusement, le moins possible. Je lui préfère le terme « jeune fille » au charme suranné, ou encore le vulgaire mais drôle « gonzesse » et son évolution paresseuse « gonz ». Trouvez ça bête si vous voulez mais, pour moi, le mot « femme » est marié à son équivalent banlieusard, le célèbre « meuf ». Rien n'y fait : mes oreilles tressaillent aux meuglements des « femmes », qu'ils soient en verlan ou pas.

Il y a autant de différence entre une lettre de jeune fille et une lettre de jeune homme qu'entre une choucroute garnie et une charlotte au chocolat. L'éloquence virile use de sa tradition pour asseoir sa certitude, s'écrit sans hésiter, parle franc, parfois niais, et malgré ses talents la prose du mâle s'accorde toujours sur une seule note : l'ego. Quant à l'écriture féminine, je remarque qu'elle s'enroule pudiquement autour d'une douleur métaphysique, hésite à se confier, cache des pruderies virginales, voire des faiblesses monstrueuses. De mon expérience de lecteur de mes lectrices, j'ai tiré une conclusion : elles s'offrent sur le papier comme elles sont au fond d'un lit.

de Sonia Rossinante à Marc Schwerin

Paris, le 10/11/96

Cher Marc,

Votre curiosité à propos de mon adolescence me plonge dans les affres de l'hésitation. M'estimerez-vous encore quand vous lirez le portrait détaillé et récent d'une toute jeune fille délurée et insolente ? « Dans le doute, dites la vérité », écrivait Marc Twain, ainsi je me décide.

Mon enfance à Bordeaux fut suffisamment rigoureuse, studieuse et cloîtrée pour que mon adolescence en garde un dégoût tenace. À cela se sont greffés des problèmes familiaux très lourds : mon père, que j'aimais follement petite, s'est détourné de moi quand j'avais treize ans. Les seules douceurs qu'il me susurra alors se résument en une seule phrase : « Fais ton droit après le bac ! » Ces incitations n'ont pas produit l'effet escompté, je suis devenue langoureuse et folle de littérature.

À dix-huit ans, je fuis la région des grands vignobles et m'installai dans une chambre de bonne à Paris. Je m'inscrivis en Sorbonne, me spécialisai en littérature anglaise, et profitai de ma nouvelle liberté pour vivre une vie de noctambule.

Je n'ose vous raconter précisément ces nuits dévergondées...

Avez-vous vu le dernier Kaspernitch ? J'ai eu la chance d'assister à son avant-première, mercredi. Quel choc de constater autant d'allusions à votre *Testostérones* ! Le cinéaste a-t-il eu l'honnêteté intellectuelle de vous demander l'autorisation pour ces calques en série ? Le générique de fin ne comporte aucun remerciement à votre endroit. Je crains une escroquerie. Rassurez-moi !

Bien à vous,

Sonia

Le charme de Sonia Rossinante s'étoffe le long de notre correspondance d'un respect soucieux qui me fait penser à la solidité de l'amitié. Comme elle s'inquiète de mes droits d'auteur avec cette bienveillance maternelle qui naît chez presque toutes les jeunes filles dès la puberté !

De nombreuses lectrices voudraient faire de leur correspondance avec moi un cocon protecteur de talent. Je ne leur cache pas que je suis touché. J'aime être dorloté.

Sonia (tronquons son patronyme douloureux) m'a déjà longuement parlé de ses lectures, et elle le fait le plus brillamment du monde. Ne m'a-t-elle pas un jour étonné en me livrant dans une lettre de dix pages ses impressions sur Proust ? Elle introduisait ses réflexions par un aveu : « Je me suis enfermée pendant deux mois dans une maison de campagne pour lire l'intégralité de la *Recherche du temps perdu.* Ma vie est bouleversée. »

Elle racontait son été littéraire avec la foi de celles qui découvrent l'amour, parlait d'« extase », se récriait de la « jouissance » trouvée dans la lecture, porte ouverte au carambolage avec le continent sexuel du livre.

Il me sembla piquant de la faire vibrer.

Les jeunes filles ont compris une chose que leurs copains font semblant d'ignorer : la lettre est un instrument de séduction, une métaphore du porte-jarretelles, un art qui s'apparente à la peinture classique car il faut savoir nuancer les révélations, obscurcir les intimités, varier la lumière des confessions. Ainsi, de même que les jeunes filles se sont approprié le culte des dessous compliqués, elles cultivent, pour la plupart, la correspondance en virtuoses.

Le mystère de certaines missives me laisse longuement rêveur.

Quelle fraîcheur que ce billet anonyme :

« Je ne suis pas aussi belle que l'héroïne de *Subliminal* mais je me suis tant identifiée à elle qu'il m'est arrivé de sentir, au plus profond de ma lecture, le contact de vos mains sur mon corps. »

Je ne dis pas que toutes les jeunes filles sont des génies ; je constate qu'elles se servent de l'anonymat comme d'un cache-sexe.

d'Odette Heimer à Marc Schwerin

La Ferté-Alais, le 17/11/96

Mon cher Marc,

Je n'en pouvais plus d'attendre ta lettre. Me voici enfin récompensée.

Bravo pour ton succès international, c'est pas donné à tout le monde d'être traduit en moldave ! Je suis ravie de te savoir enfin épanoui (je me souviens de nos lettres au début de ta popularité : tu étais loin d'être serein).

J'ai lu une interview sensationnelle de toi dans *Match*, tu dis une phrase éblouissante : « La charité est un démon. » Je parie que les journalistes se sont arraché les cheveux tant ils auront essayé (en vain !) de te comprendre. La presse d'aujourd'hui est si basique...

Tu sais qu'à côté de chez moi, à Buno-Gironville, il y a un groupe de rap'n'blues qui défraie la chronique ? J'ai acheté leur single et, crois-moi, ça vaut son pesant de Victoires de la musique. Si ça te dit, appelle-moi, on ira voir ensemble les « Casta Violors ».

Je pense à toi. Je t'embrasse,

Ton Odette

En septembre 1994, je rencontrai Odette en chair et en os ; j'eus le réflexe de la féliciter pour son ton si fidèle à celui de ses lettres. Je ne l'avais pas imaginée autrement. Un visage ovale et assez joli, constamment animé, surtout les yeux, une silhouette agréable malgré l'importance de l'arrière-train (talon d'Achille de la beauté féminine), et puis une bouche qui a la bougeotte, une autorité naturelle dans le propos, des phrases relevées à coups d'exclamations, un parler rythmé, moderne, rappé. Odette était en équation avec son temps.

Certaines filles fuient les identifications trop faciles. Ce fut le cas de Camille. Dès le mois d'août 1988, elle me bombarda de lettres séduisantes, gorgées d'émotions taciturnes, d'intelligence torturée, propres à vous renverser le cœur. Ses lettres, brèves comme des coups de couteau, s'appliquaient à ne rien révéler de leur auteur. Seuls l'adresse et le nom s'accrochaient au monde réel. Mystère qui cabra mon imagination, puis la raison calma ce déchaînement romanesque. « Vieille maligne, va, experte en tortures littéraires, goule ! » me disais-je. Persuadé du grand âge de ma correspondante, je n'ouvris plus ses lettres. Dégoût de faire l'amour par les mots avec quelqu'une de deux générations au-dessus de moi... J'oubliai, jusqu'au jour où, alors que je dédicaçais dans une librairie de quartier, je vis venir à moi une gamine fringante, une perfection pas plus haute que ça, avec des yeux à vous faire jurer n'importe quoi : Camille.

Je confesse qu'après ma rencontre avec la belle, l'écrivain que j'étais, l'homme de cette époque primitive ne fut plus jamais tout à fait le même.

Quant à Odette, je la connus il y a deux ans, l'année de ses vingt-deux printemps. Son admiration pour moi était aussi chargée qu'une ligne à haute tension ; survoltée comme une adolescente, fanatique de mes bouquins, elle m'abreuvait de mots tendres comme on remue un fanion. Notre « histoire » évolua. Ses premières lettres chiadées, agréables de retenue, virèrent un jour au copinage sans intérêt ; le vouvoiement disparut, l'assurance de son ton forcit, bref, Odette, installée dans notre correspondance, incarna Odette Heimer.

Aujourd'hui, Odette a perdu sa perfection mais je continue de bien l'aimer. Sa légèreté soulage mes angoisses, elle fait le pitre par courrier avec constance, et cette qualité convient aussi au choix de ses sujets — Odette a cette caractéristique de répéter les mêmes blagues, caractéristique que j'assimile à la vieillesse prématurée.

La vraie jeunesse est quasiment introuvable. Les jeunes filles ne méritent pas toutes cette belle épithète. C'est parfois dès la première lettre, parfois à la trentième que j'aperçois, entre les lignes, la première ride.

de Denise Chantre à Marc Schwerin

Montpellier, le 21/11/96

Marc, cher Marc, mon cher Marc,

Alors, comme ça, vous existez vraiment ?

J'ai relu votre épître mille fois et j'ai pleuré d'émotion devant la sublime ligature qui vous tient lieu de signature. Et si cette ligature était le lien incassable et sacré qui nous reliait ?

Je veux y croire, Marc, car depuis que j'ai vu à quoi ressemble l'écriture (la vraie écriture !) du génie, je ne pense qu'à vous rencontrer pour vous dire ce qui ne mérite pas d'être écrit.

Votre Denise

J'appelle ce genre d'envoi le boomerang schizophrénique : je réponds aimablement à une lettre anodine et reçois une réponse d'amoureuse mystique. Les jeunes demoiselles sont changeantes : j'en ai la preuve.

Les fans d'un chanteur à la mode s'extasient devant l'autographe anodin qu'il a posé sur le papier sans y penser ; le rien est sacralisé, la rature se transforme en aveu, la signature devient parlante. Tellement drôles ces envolées lyriques toutes en fadeur, ces exclamations trop énormes pour être naïves, « vous existez vraiment ». Je relis la lettre, l'apprends par cœur et tout à l'heure dans le métro, je me la réciterai pour le menu plaisir, pour en déguster, rêveur, l'insignifiante consistance.

Comment ai-je laissé entrer dans ma vie ces longs échanges de papier ? Est-ce une parcelle intangible et mouvante du devoir chevaleresque qui se serait fixée sur la détresse de mes lectrices ? Serait-ce le poids de la pitié pour celles qui clament qu'un mot de moi les ferait vivre ? Je refuse de psychanalyser trop fort ce qui relève de la séduction.

Les années de popularité que j'ai traversées ont inscrit la correspondance au deuxième rang de ma routine quotidienne, après les livres. Cela s'est fait en dehors de toute conscience, de tout calcul, de toute douleur. Je corresponds avec mes jeunes lectrices aussi naturellement qu'on discute avec sa concierge.

Ce que je constate, en palpant mon bonheur, c'est que les lettres me délivrent des délices de l'immersion qui sont l'apanage de la littérature. C'est agréable de siffloter un rythme de musette une fois qu'on a écrit une ouverture d'opéra.

Que sont les discussions (écrites ou orales) ? Des tricotages charmants de superficialité, car je sais, par expérience, que cette chose plus rare que l'or qu'est la vraie conversation naît et se développe dans les profondeurs d'une seule conscience.

Cette superficialité que j'accorde à mes rapports avec ces filles représente la membrane qui empêche chacune d'elles de trouer le papier pour pénétrer ma vie.

de Marc Schwerin à Mustapha

Paris, le 1/12/96

Mon cher Mus,

Toi qui me reproches souvent de fuir les gens pour ma retraite de plume, tu seras heureusement surpris par ces dernières nouvelles.

Je t'ai déjà parlé de ma jeune correspondante Sonia Rossinante, une étudiante en Sorbonne qui m'envoie ses pudeurs (respectables) et son adoration d'élite à chaque courrier. Tu te rappelles que je la trouvais charmante mais que je la sentais aussi complexée qu'une écolière surdouée ?

Il y a deux jours, Sonia m'envoie une lettre pour m'inviter à boire le thé chez elle. J'ai réfléchi (tu sais combien ma résistance est grande dans ces cas-là) puis la curiosité, plus l'attachement que je lui porte, m'ont poussé à accepter l'invitation.

À trois heures, je sonnai à sa porte. Une

femme frôlant la trentaine m'ouvrit. Je balbutiai des excuses, persuadé que j'étais d'avoir dérangé une voisine de Sonia (celle-ci n'a que vingt-trois ans, et je ne l'avais jamais rencontrée).

Mon interlocutrice rosit.

— Si si, Marc, c'est bien moi Sonia Rossinante !

Mon cher Mustapha, comme la déception m'a cerclé le cœur ! Les lettres de Sonia Rossinante, je les avais tant aimées que mon imagination avait secrètement dessiné, en hommage à leur style, un beau visage pour leur auteur. Ces lettres si fortes dans leur rythme avaient-elles vraiment été écrites par cet être asexué ? Ce visage avait-il éprouvé le plaisir des esthètes que Sonia me livrait abondamment chaque semaine ? Plus je la regardais, plus je constatais que le visage de Mlle Rossinante évoquait je ne sais quelle énigme de roman.

Mon cher Mus, j'espère que tu ne me jugeras pas trop rudement quand tu liras ces lignes ; mais tu connais mon insoutenable besoin de crudité dans les confidences. « C'est affaire de confiance entre nous », avais-tu dit sagement.

Dès trois heures cinq, heure où j'étais assis sur une chaise en paille chez Sonia, un verre de thé à la main, les lettres de celles-ci me revinrent en mémoire avec un ton de mièvrerie que je ne leur connaissais pas. Je relus en pensée des réflexions qui me parurent creuses ; ses questions — auxquelles j'avais répondu avec toute l'intimité de ma franchise — perdirent tout intérêt... Bref, la

Sonia de chair et d'os avait tué l'idyllique correspondante d'une autre époque.

Oh Mus ! Si ce n'avait été qu'une déception physique ! Mais la voix de Sonia modulait les nasales dans l'excès (par exemple sa façon de commencer chaque phrase par une vibration comme « ouin, vous voinyez ») et je remarquai que plus elle était troublée, plus elle parlait du nez.

Nous discutâmes de tout et de rien — elle fut très civile — puis ma lectrice attira mon attention sur un air de musique tzigane, et d'une voix encore plus nasillarde, elle confessa avec un sérieux appuyé :

— C'est la base de toute musique, les tziganeries.

J'écoutai avec application le morceau sans faire de commentaire, mon oreille ne vibra pas.

Une demi-heure plus tard, je quittai Sonia, soulagé.

Attends, Mus ! Tu ne sais pas encore la conclusion de cette histoire.

Que reçus-je, hier, dans ma boîte aux lettres ? Je te le donne en mille... Un mot de mon admiratrice qui commençait par : « Si je ne vous connaissais pas, je croirais que vous vous êtes joué de moi. »

J'ai bien peur qu'il y ait la place pour un malentendu de taille dans la tête de Sonia Rossinante. Que pouvait-elle bien attendre de plus ?

En espérant de tes nouvelles, je t'embrasse,

Marc

de Denise Chantre à Marc Schwerin

Montpellier, le 2/12/96

Cher Marc,

Pourquoi ma dernière lettre est-elle restée sans réponse ? Y a-t-il quelque chose qui vous a heurté ? Mon admiration vous fait-elle peur ? Rassurez-vous, si vous me connaissiez, vous verriez que je ne suis que douceur.

J'imagine que, fécond comme vous êtes (dix romans déjà !), votre temps est bien précieux. J'imagine aussi combien vous devez être harcelé par tous ces lecteurs sans manières ; mais savez-vous, Marc, que je pourrais être votre confidente ?

Il me tarde de recevoir d'autres mots de vous (je les attends comme on espère l'eau dans le désert). Je veux depuis si longtemps une vraie discussion littéraire et je sais qu'entre nous elle serait riche — surtout au niveau du ressenti.

Ne craignez rien de moi, cher Marc, ce n'est pas par intérêt éditorial que je vous écris mais surtout pour échanger les coups de cœur révélés par votre belle littérature.

Bien à vous,

Denise

Comme mon naturel est paradoxal, j'hésite toujours entre agacement et pitié quand je lis une telle lettre. Il semblerait pour une Denise Chantre qu'une politesse, un seul geste aimable, crée un devoir d'amitié éternelle ; et l'amitié féminine a le talent de produire des obligations. Un seul envoi signifierait des réponses à l'infini ; de même que le mariage est un pacte pour la vie, mes trois lignes pour Chantre scelleraient notre union épistolaire d'une bonne couche de promesses, arrosées d'autres paroles définitives. Qu'est-ce que la correspondance pour celle qui semble s'acharner à me promettre d'amples discussions littéraires qui ne viennent jamais, comme si ce qu'elle appelle pompeusement « ressenti » ne pouvait se penser et donc s'écrire ? Cette demoiselle m'annonce qu'elle a mille révélations à me faire, mais aucune n'est digne du papier. Je ne suis pas idiot pour ne pas y voir un piège car si ce genre de lectrice était honnête et digne d'intérêt, elle comprendrait d'elle-même le vieil adage qui dit que ce qui s'écrit se pense deux fois. On n'imagine pas le nombre d'écervelées qui font partie du noyau fanatique de mes lectrices.

de Marc Schwerin à Denise Chantre

Paris, le 9/12/96

Chère Denise,

Merci pour votre bienveillance, j'imagine bien que vous êtes la douceur incarnée et une confidente idéale : une seule lettre suffit à déchiffrer ces choses. Pourtant, il faut que je vous fasse un aveu : depuis que je suis écrivain, les confidences ne sont pas mon fort, disons que les livres me conviennent plus pour essuyer mes trop-pleins de « ressenti » comme vous dites.

Rejetons l'idée d'une entrevue, comme vous me le proposez dans votre deuxième lettre, car — vous l'avez deviné vous-même — mon temps est tellement précieux qu'il me semble parfois s'évaporer « comme l'eau dans le désert ».

Comprenez, mademoiselle, que je ne peux répondre aussi régulièrement au courrier que je reçois, mais ne désespérez pas puisque mes livres, eux (du moins espérons-le), ne resteront pas lettre morte. L'être le plus proche de moi est celui qui se lie d'amitié avec eux.

Salutations cordiales,

Marc

Je viens d'écrire à Odette Heimer avec trois semaines de retard. Je sais qu'elle m'en voudra pour ma lenteur mais j'ai pris soin d'accuser la poste pour ses grèves en série. Ce délai que je m'étais fixé a l'avantage de me faire rater son concert de musique de singes en n'écaillant pas mon vernis de politesse. Odette ressemble à ces filles qui vitupèrent dès qu'on ne partage pas la même opinion ou les mêmes goûts qu'elles. La jeune fille souffre tellement de vanité qu'il me faut parfois déployer des trésors de tact pour ne pas la blesser à vif.

Odette est d'un naturel heureux, tellement heureux qu'elle transpire d'optimisme. C'est à la fois un défaut et une qualité : un défaut parce que son assurance chronique est insoutenable pour moi qui ne connais que le doute ; et une qualité car son humeur égale parvient à me relever de la mélasse où parfois je me torture, ce qui n'exclut pas un vice en concordance avec son métier (publicitaire) : l'autosatisfaction. Que ce dernier explique son bonheur ou inversement relève d'un casse-tête chinois contemporain.

En deux ans, j'ai eu le temps de la voir changer. Tout d'abord timide et modeste, Odette, qui a voulu vivre dans une serre médiatique, a fini par se contenter des réflexes des professionnels de la réclame, d'opinions faciles, de prises de vue à angle unique et autres pensées en ordre.

Je la revois encore un soir, alors que je l'avais invitée à un cocktail littéraire, m'affirmer avec un aplomb de femme du monde des lourdeurs éternelles, des tautologies satisfaites :

— Il n'y a pas de génie méconnu.

— Par définition, si ce génie est inconnu, personne ne peut en avoir entendu parler, et donc il est facile de croire qu'il n'y en a pas...

— Mais enfin, toi tu es un génie et tu es connu !

— Excuse-moi du peu mais (1) je ne mérite pas du tout ce terme et (2) qu'un talent soit repéré ne veut pas dire que tous les talents — y compris les génies — sont connus.

— Qu'est-ce que t'es pessimiste !

— Au contraire, ma principale qualité est précisément celle qui te fait défaut : la lucidité.

Elle eut un mouvement de colère, se précipita vers la table des petits fours et je vis sa main s'abattre sur une demi-douzaine de pâtisseries qu'elle dévora en une seule fournée.

Et dire que je détestais ces réceptions autant pour les platitudes constipées qui avaient valeur de conversations que pour le spectacle pathétique de la goinfrerie des (supposées) élégantes femelles !

— C'est nul ici ! lança Odette la bouche pleine de crème.

— Je te rappelle que c'est toi qui as insisté pour venir, et puis tu n'as pas l'air de perdre ton temps, fis-je en regardant les ruines de gâteaux sur son assiette.

Elle ignora ma remarque et lança avec un réflexe militaire (en toute femme « libérée » se cache une régente) :

— Allez, on se casse !

Voilà comment on gratifie l'homme qui dans son immense largesse sert la femme qui le domine.

de Sonia Rossinante à Marc Schwerin

Paris, le 20/12/96

Marc,

Dans votre *Sombres zibelines,* l'héroïne, Flore, qui vient d'être violée par l'ennemi héréditaire de sa famille, le pater familias des Andronique, s'exclame : « Les pires crimes sont enterrés dans le silence. »

Oh, Marc ! je ne dis pas que c'est un crime que de ne pas répondre à ma dernière lettre, mais votre silence est une telle souffrance !

Peu à peu, ces lettres qui n'étaient que de l'amitié sont devenues des bouteilles d'oxygène qui m'ont libérée de la solitude abyssale où je baignais depuis mes douze ans. Vous êtes bien plus qu'un ami dorénavant, vous êtes le visage divin, le régénérateur d'un monde pourri ; vous êtes indéfinissable tant vous êtes grand et je dois (moquez-vous !) résister à la tentation de noter les pronoms qui vous sont relatifs avec des majuscules...

Marc, pardonnez-moi si je vous ai blessé dans ma dernière lettre. Vous m'avez fait tellement bonne impression quand nous nous sommes rencontrés ce 29 novembre que, je le crains, ma précédente lettre fut décevante.

Quelle parole vous aurait froissé ? Oh, c'est vrai que ce 29 novembre, j'attendais plus de vous. Vous m'aviez écrit de telles amabilités...

Je souffre d'autant plus que mon père (qui a quitté ma mère pour une autre femme) me tourmente. Savez-vous que monsieur a non seulement eu le toupet d'abandonner ma mère mais en plus il a choisi de s'acoquiner avec une fille des plus vulgaires ? La preuve, sa nouvelle conquête est fan de Madonna ! Je sais que la garce veut vivre aux crochets de mon père et je me suis chargée de le dire au principal intéressé ! Eh bien, savez-vous ce qu'il m'a répondu ? Je cite : « Tu n'aimes pas Marise (la fille en question), elle est trop bête pour toi ? Je m'en fous. Au moins, elle, elle ne m'assomme pas avec des théories à la con ! »

Au ton de sa voix, j'ai cru sentir une légère ironie. Voilà comme il traite sa fille !

Tous les hommes sont des goujats, sauf vous, cher Marc.

Vivement votre réponse.

À vous,

Sonia

P.-S. : Je me prépare à passer l'événement le plus pénible de l'année : les fêtes de fin d'année en famille. Et dire qu'il va falloir supporter la présence de ma future belle-mère, j'enrage d'avance. Moi qui ai toujours trouvé Noël plus nul que tout...

de Marc Schwerin à Mustapha

Paris, le 23/12/96

Mon cher Mus,

Tu veux avoir des nouvelles de cette sacrée Sonia qui te « fait tant rire » ! J'ai bien l'impression que tu riras encore longtemps tant les bizarreries de son caractère éclosent au fil des lettres qu'elle m'envoie.

Comme tu le dis très bien (et je reconnais le sage qu'il y a en toi), « la pitié est souvent interprétée comme de l'amitié, et l'amitié comme de l'amour ». J'ajouterais que dans le cas Sonia Rossinante mes « amabilités » tiendraient lieu de déclarations amoureuses ; l'esprit de Sonia enjamberait un nombre incalculable de sentiments pour passer de l'affection épistolaire — qui n'est que l'ombre de l'amitié sans sa couleur, car l'amitié, comme l'amour, se nourrit de présence — à l'amour, et plus spécifiquement aux « devoirs » qu'engendrerait l'amour.

« J'attendais plus », me dit-elle ; eh bien moi, ce 29 novembre, je n'attendais plus rien.

Des étrangetés rossinantesques se dessinent sur le papier : un mysticisme d'amoureuse débutante, un romantisme aveugle, et surtout un acharnement tout bourgeois à critiquer son père (qui continue de la faire vivre financièrement), au nom du « fossé des générations », la dernière trouvaille à la mode.

Et pourquoi critique-t-elle son père ? Parce que celui-ci mène une vie qui la dépasse. Il vit simplement et sans pose (sûrement quelqu'un de bien) et se paye le luxe d'un nouvel amour avec une jeune femme qui me paraît des plus fraîches.

J'entrevois que l'intelligence de Sonia se fourvoie dans des jugements sur autrui qui ne sont pas réalistes. Mon diagnostic est que la jeune fille est tellement imbue de sa personne qu'elle confond sa bêtise avec le comble du bon goût. Sonia (comme beaucoup de petites-bourgeoises qui sont allées à l'université) assimile, avec une assurance délectable, la simplicité des âmes nobles — telles que son père — à la vulgarité qu'elle ne considère que chez les autres, mais qui doit bien venir d'une des cases de son propre cerveau.

Avant de l'avoir rencontrée, je ne considérais pas Sonia comme quelqu'un de vulgaire, je la trouvais malhabile, par moments, c'est tout. Mais, mon cher Mus, tu sais comme le visage dévoile les trésors de l'esprit ; souvent, grâce aux rides, à la couperose, à la couleur d'une peau j'ai percé une personnalité à jour ; la bassesse ou la profondeur de l'âme sont accessibles à l'œil nu. Alors, sais-tu ce qui perle des lettres de Sonia Rossinante depuis que je connais la partie la plus obscène de ma lectrice, c'est-à-dire son visage ? Je vois, Mus, toute la frustration et les supplications d'une vieille forcenée. Me trompé-je ? L'avenir parlera.

Même si ce n'est pas ta religion, je te souhaite un joyeux Noël.

Ton ami,

Marc

de Marc Schwerin à Sonia Rossinante

Paris, le 28/12/96

Chère Sonia,

Comme je sais maintenant que vous détestez Noël, je prends soin de vous écrire après cet événement cruel.

Non, aucune de vos paroles ne m'a froissé mais vous savez bien, comme je l'ai dit dans *L'Uppercut* (pardon de me citer comme un classique), que « l'écriture se joue de l'écrivain avant qu'il s'en nourrisse » : mon prochain livre me plonge dans le tracas, d'où un manque de temps criant dont vous êtes la victime.

Savoir que je vous fais du bien récompense la sympathie que j'ai pour vous. Faire du bien à qui on estime est presque aussi important que faire du beau pour rien.

J'aime cette image d'amour divin que vous mettez en avant. L'amour du croyant pour Dieu se hisse jusqu'à son but par la spiritualité, moyen et fin qui évite toute déconvenue ; ainsi aimez-moi comme une fidèle qui ne croit pas en l'amour charnel et qui évite les majuscules.

Vous me parlez avec colère de votre père, mais n'est-il pas normal chez un homme sain et néanmoins quinquagénaire de chercher la simplicité et, en conséquence, de préférer une fille sans façon à une intellectuelle ? Je ne fais que poser une question qui ne mérite pas de réponse fixe mais qui pourrait ouvrir votre réflexion.

Vous ai-je déjà parlé de mon ami Mustapha ? Je lui parle parfois de vous et il brûle de vous rencontrer. Savez-vous que vous pourriez vous entendre à merveille, vu que le garçon est un homme d'esprit, un sage oriental (malgré son âge) et qu'il a le mérite d'être mon complément spirituel — moi qui ne crois pas en Dieu.

Souvenez-vous des mots de Gide concernant la famille, et traversez ces fêtes avec courage !

Cordialement,

Marc Schwerin

P.-S. : De grâce, ne comparez pas votre existence avec celle de Flore dans *Sombres zibelines* puisque alors je devrais endosser des similitudes criminelles avec Andronique — et, je vous l'apprends peut-être, je n'ai jamais violé personne, à moins que ma mémoire ne me trahisse — ; j'imagine que votre émotion vous a rendue maladroite. N'en parlons plus, ça arrive à tout le monde.

de Sonia Rossinante à Marc Schwerin

Paris, le 30/12/96

Marc,

Concernant la deuxième partie de votre lettre, je ne dirai qu'une seule phrase : il faut dé-my-thifier la normalité et la santé. Voilà mon credo.

Que mon père soit normal ? je le détesterais. Qu'il soit sain, je le vomirais.

Vous avez raison : mon père préfère les filles « sans façon », les garces sans manière et sans grâce (par exemple, la Marise en question porte des chaussettes de tennis avec des chaussures de ville : n'est-elle pas vulgaire !).

Parfois, je me dis que devant tant d'affront, je devrais renier mon nom...

Il faut que je vous fasse une confidence : voilà un mois que je me débats dans un miasme de douleur et de culpabilité. Le malaise est apparu à la suite de notre première rencontre. Depuis, je sens une certaine froideur dans vos lettres. Je vous ai demandé si je vous avais froissé, vous m'avez répondu que non. Cependant, je suppose que je me suis mal comportée lors de notre entrevue. Vous savez, il faut me pardonner, mais depuis mon passage en khâgne je suis devenue une intellectuelle délurée, rêveuse et tête en l'air. À force de fréquenter les cafés où on refait le monde, mes pieds ne touchent plus le sol et l'on paraît alors incompréhensible pour ceux qui nous entourent.

Oh, comme je voudrais effacer cette bévue ! Revenez chez moi, vous verrez, cette fois-ci ce sera extraordinaire. (Je vous montrerai ma collection « détestable » : un assortiment d'objets que je tiens pour de véritables horreurs. Rien de plus drôle.)

J'attends impatiemment de vos nouvelles.

À vous,

Sonia

P.-S. : Surtout, ne me souhaitez pas la « bonne année », je trouve cela stupide, je suis sûre que vous serez d'accord avec moi.

P.-S. : Vous êtes pour moi le représentant de Dieu sur terre, c'est-à-dire que vous « incarnez » Dieu (vous l'êtes), dans la beauté de la chair —

qui n'est pas inférieure à mon goût, à compter qu'elle soit sacrée...

(... suivi d'un long charabia sur le corps du Christ auquel Marc Schwerin ne comprit rien.)

La lettre de Sonia me consterne en de nombreux points.

Considérée comme un phare d'intelligence dans mon panorama épistolaire — ses lettres furent et sont encore parfois brillantes —, elle me décrit aujourd'hui le vide de sa vie avec l'emphase réservée aux horreurs, attaque son père comme Thatcher s'acharnait contre le système social anglais, oubliant trop facilement que c'est par son intermédiaire qu'elle nourrit sa vanité de classe, sa prétention d'étudiante de grande école. Ô l'assurance des étudiants d'aujourd'hui qui jouent aux poètes maudits pour faire chier leurs parents !

Quant à l'espoir qu'elle a de me revoir, c'est l'obsession de l'aveugle qui veut manier des crayons de couleur. Elle devrait au moins se douter (les jeunes filles avaient coutume d'être intuitives, ce qui peut valoir l'intelligence, par moments) qu'elle m'a déçu par (1) son physique,

(2) d'autres défauts irrécupérables qui plombent son caractère.

Au lieu de voir ses limites comme cause de ma « froideur », Sonia préfère s'inventer des qualités glorieuses, des évanouissements inspirés qui la feraient s'élever plus haut que n'importe qui (« ses ailes de géant l'empêchent de marcher »), mais la réalité la plus sèche est que la jeune fille patauge dans une mare de poncifs.

Banalité du sexe faible aujourd'hui : elle s'épanouit dans un nid d'indulgence pour elle-même, de passe-temps prétentieux et sans intérêt, elle brandit un flambeau de révoltes minables (sûrement aussi ennuyeuses pour elle que pour moi) et tout cela avec une fatuité heureuse qui prétend me séduire. Et, en effet, n'est-ce pas le comble du néant petit-bourgeois que de haïr la santé, l'offensante normalité en ce qu'elle rappelle la force bienfaitrice de la nature ?

Précieuses du temps de Molière, vous me manquez. Vous, au moins, quand vous débitiez vos blasons, c'était avec un minois poudré, des grâces qui capturaient tout mâle en mal de beauté.

La mode actuelle chez notre jeunesse surnourrie est de débusquer et de porter au pinacle ce qui est inutile, laid, creux et qui par tous ces aspects coordonnés apparaît comme définitivement révolutionnaire. La jeunesse de ce pays s'emmerde, elle est surprotégée, donneuse de leçons et inconditionnellement contente d'elle-même.

d'Odette Heimer à Marc Schwerin

La Ferté-Alais, le 1/1/97

Mon cher Marc,

J'ai senti dans ta dernière lettre que tu n'étais pas tellement épanoui. Je m'inquiète beaucoup pour toi. L'écriture seule ne peut pas te sauver, c'est évident. Tu me rappelles un peu Jane, une amie dans ma promo, à l'école de pub. Jane (à qui j'ai appris le métier de publicitaire en deux ou trois leçons) était tombée amoureuse la dernière année et elle m'affirmait que ce désir avait bouleversé ses conceptions sur la vie : elle voulait arrêter ses études pour « vivre d'amour et d'eau fraîche », c'est-à-dire (je traduis) devenir bobonne au foyer ! Laisse-moi te dire qu'elle a eu droit à un brainstorming des plus violents. Grâce à moi, elle a compris que la vie se composait de 33 % de travail, 33 % d'amour (physique ou non), et 33 % de loisirs sociaux, le 1 % étant une plage réservée à l'ennui, parce que tout le monde, un jour ou l'autre, s'emmerde. Elle a donc abandonné ses projets idiots et vieux jeu pour se remettre au travail.

Marc, puisque tu es déprimé, il faut que ta vie change, il faut que tu trouves une fille qui remplira tes 33 % de libido quotidienne. Je te dis ça pour ton bien, parce que je tiens très fort à toi.

Quel dommage que tu ne sois pas venu voir les « Casta Violors », un groupe génial et engagé par-dessus le marché (il y a une chanson qui s'appelle *Rétablissons l'esclavage pour les flics !*).

Après le spectacle, je suis allée discuter avec le chanteur qui répond au nom tout trouvé de Lask'Art, il est fantastique, on s'est beaucoup plu. On a un peu discuté politique et j'ai signé une pétition pour introduire l'anarchie en France.

Écris-moi vite, tu me manques, j'espère qu'on se verra bientôt. En attendant, je t'embrasse,

Odette

P.-S. : Bonne année, n'oublie pas la santé ! (Voir mes conseils.)

de Marc Schwerin à Odette Heimer

Paris, le 5/1/97

Chère Odette,

Je suis stupéfait de constater à quel point les sciences délimitent ta vie.

Ma lettre t'aura guidée vers une comparaison (avec Jane) peut-être inspirante mais fausse car je tiens à te dire (sans humeur) que mon art n'est en rien comparable avec les obligations professionnelles, aussi passionnantes soient-elles, chez le reste des humains. De l'écriture, je n'attends qu'une chose : qu'elle m'envahisse (j'y mets du mien) et absorbe tous les pourcentages qu'elle trouvera sur son passage ; si je ne la laissais pas faire, que deviendrais-je, sur le carreau, sans objet ? Ton inquiétude me flatte car je te chéris ; en revanche je suis désolé d'écarter tes propositions — ce qui ne m'empêche pas de penser que ton emploi du temps mathématique doit satisfaire beaucoup de gens.

J'en veux encore à la poste qui avait pris ta lettre en otage parce que ce concert m'aurait sûrement plu. Espérons une autre date ?

Je compte préparer une petite fête très bientôt, tu seras conviée ; quelque chose de simple : je voudrais te présenter deux amis.

Je connais trop peu tes talents de publicitaire. Dis-moi : est-ce toi qui as conçu la publicité pour je ne sais plus quelles chaussures où l'on voit d'abord des pieds nus — une voix « off » dit : « Vous êtes cons comme vos pieds ? », puis la paire de godasses apparaît — « Portez les chaussures X » ? Si c'est le cas, je reconnais bien ici ton esprit !

Je t'embrasse,

Marc

Je ne suis pas le premier à déplorer l'acharnement des femmes à nous convaincre de notre malheur, leurs talents de persuasion, leurs mises en scène calculées destinées à les faire apparaître, du premier au cinquième acte de leur raisonnement, comme des héroïnes indispensables. Un homme malheureux serait un homme sans femme, et la logique féminine nous permettrait d'inverser les deux groupes nominaux : un homme sans femme serait un homme malheureux. La question est d'actualité car pourquoi, après des décennies de féminisme, les femmes se définissent-elles toujours par rapport à l'homme ?

Le modernisme a donné aux jeunes filles une quantité de jouissances auxquelles elles auraient droit. Le despotisme, matière première d'une Odette Heimer, s'est fissuré au contact de la vie moderne en une vision exigeante et binaire de l'existence. J'accuse la méchante adolescence et ses paradoxes d'œuvrer pour le militantisme comme unique réponse aux questions métaphysiques d'une Odette Heimer. Pauvre Odette. Ses autocongratulations la sauveront-elles ? Je sais bien qu'il n'y a rien de plus commun que de louer ses propres qualités, que notre époque s'injecte ce virus à tout-va, mais assister à cette ruée de jeunes filles vers l'égopublicité, je ne m'y ferai jamais. Je ne dis pas que les hommes échappent à la gonflette d'ego ; au contraire, les mâles ont inspiré à la langue française un adjectif parfaitement testostéroneux (dont j'ai tiré un livre : *Testostérones*) qui fait d'eux des accusés sans appel : « hâbleur ». Le langage, presque fidèle à la réalité, n'a pas fait naître de « hâbleuse », pas encore en tout cas... Cette parenthèse devra clore les ambiguïtés qui vivotaient dans mon texte en faveur de notre sexe. Parce qu'« ils » sont pires qu'« elles », ils ont la chance — voire la malchance ? — de ne susciter en moi ni envie, ni pitié, ni indulgence, à l'image de leur corps. Parenthèse close.

Alors, comme ça, il faudrait jeter aux détritus cet adage sur la perfection féminine qui soupire que la première vertu, la plus somptueuse, chez une jeune fille, est la modestie ? Non ! Mes plus belles maîtresses furent des nymphes pudiques. Faudrait-il offrir notre complaisance à celles qui suent la forfanterie, à celles qui jouent les despotes éclairées du monde moderne ? En vérité, accepter la vantardise chez une jeune femme, ce serait faire une brèche à l'extension du bonheur féminin, car on n'a pas trouvé pire que la vanité comme gage de souffrances. De même, approuver l'autoritarisme chez une jeune fille, ce serait encourager, par voie de fait, l'élan déjà trop vivace de la pédérastie mondiale.

de Kevin Sully à Marc Schwerin

Châteaugiron (Ille-et-Vilaine), le 10/1/97

Cher Marc Schwerin,

Cette lettre sera courte mais n'ayez crainte je vous promets que les prochaines seront beaucoup plus longues.

Je vous écris parce que j'ai adoré vos romans *L'Ombre de Zibéline* et *Les Subliminales* (les autres, je ne les ai pas lus). On se demande où vous êtes allé chercher tout ça, surtout les réflexions sur les femmes et les fées, je pense surtout à *Zibéline* qui est très étrange.

Vous n'êtes pas sans ignorer que beaucoup de gens aimeraient avoir une correspondance avec vous. Moi, j'aimerais vous parler dans mes lettres suivantes de mon long parcours spirituel (du cheminement sinueux de ma pensée) qui a abouti à une œuvre poétique sur laquelle je voudrais votre avis. Ma quête a été longue, monsieur, et j'espère que vous apprécierez mon Œuvre ; peut-être mes vers vibreront-ils dans vos veines...

Vous pouvez lire en avant-première quelques-uns de mes poèmes sur Internet www.e.Kevin.

J'attends votre réponse, au revoir, monsieur,

Kevin Sully

Je cite cette lettre à titre d'exemple car elle est typique de la grande majorité des lettres masculines que je reçois. Quand le génie du mâle se met à communiquer avec son écrivain préféré, il n'est jamais en panne de prouesses.

Dès la première phrase, ce garçon me promet plein d'ennui ; sa lettre me dit : « Tu vois, je ne te connais pas, mais c'est pas grave, je te connais suffisamment pour te parler de moi, d'ailleurs ce n'est qu'un début, bientôt de longues lettres décriront le grand vide quotidien qui fait ma vie. » Pourquoi de « longues » lettres ? Une bonne lettre gagne à la brièveté, particulièrement quand on désire capturer un nouveau correspondant. Idéalement, un premier message devrait ressembler à un court métrage réussi : quelque chose de bref, de rythmé, une prose précise, nuancée, qui laisse passer l'air. Certains mots, au contraire, me font penser à des traquenards ; une lettre qui en annonce une suivante est une mauvaise lettre. Que dirait-on de quelqu'un qu'on rencontrerait dans une soirée, qui se précipiterait main tendue en lançant, avec un ton d'affirmation scientifique : « Nous serons amis pour l'éternité » ?

J'ai érigé une gamme de sacro-saints principes qui me sert de « trieuse » à lecteurs. L'un de ces principes consiste à rejeter à la mer toute cargaison de promesses. Car un correspondant joue sa vie quand il utilise l'indicatif futur pour parler courrier, de la même façon qu'une femme met son avenir en péril quand elle exige qu'on l'aime toujours.

Je trouve chez beaucoup de lecteurs une capacité d'étourdissements, une naïveté créatrice qui reformule mes titres avec une bonne foi délicieuse. Si je notais toutes les déformations, j'aurais plus de cent bouquins à mon actif. Je souris de *L'Ombre de Zibéline*, cousin kevinien de mes *Sombres zibelines*, quant au pluriel farfelu accordé à mon *Subliminal*, sa banalité me fait hausser les épaules. Le petit Sully ressemble à d'autres lecteurs.

Ah ! Voilà la vénérable expression serinée par le quidam dubitatif qui arrive au terme de sa lecture : « Où êtes-vous allé chercher tout ça ? » demande-t-il, interloqué. Cette question au naturel primesautier dissimule en fait une grande culture. Car comme le disaient Kevin Sully et Marcel Proust, on met du temps à reconnaître chez un écrivain le « grand talent » qu'on prête volontiers aux monstres de plume du passé. Kevin croit-il que mes idées dérivent d'autre chose que de mon petit moi ? C'est sa conception de l'esprit. Il est à parier qu'à un Hugo ressuscité il ne poserait pas la question de savoir où ce phénix est allé « chercher tout ça ». Un génie trouve. Un petit talent « va chercher ».

J'ouvre maintenant mon catalogue d'expressions ronflantes, j'ai noté le contresens « Vous n'êtes pas sans ignorer ».

Donc : j'ignore que. M'accuser d'ignorance dans une lettre envoyée pour me flatter pourrait me laisser perplexe, Kevin. Heureusement, la littérature de M. Sully aspire soudainement une bouffée de naturel et s'achemine, doucement, par le biais tortueux d'une longue circonlocution, vers une révélation d'artiste. Le chat cambre le dos en se frottant à nos jambes et Kevin vient chercher sa dose de flatteries. Culte des périphrases pour montrer à quel point les muses le hantent, l'inspirent jusqu'au chef-d'œuvre. Applaudissons l'œuvre sullinienne qui s'annonce comme un morceau de divine perfection — car sinon pourquoi une majuscule à « œuvre » ? Ô artiste. Poète incompris, albatros torturé, je ne suis pas sûr d'avoir atteint une maturité suffisante pour apprécier à sa juste valeur votre Grand Génie et tant de bonheur ne peut se trouver dans cette vie terrestre. C'est à l'Éternel qu'appartient l'Esprit céleste des symphonies poétiques. Ô téméraire néophyte, je te recommande plutôt l'avis du romancier Pornec qui lui a de grandes ambitions puisqu'il a décidé de « révolutionner la littérature ». Il louera les rimes de Kevin, avec un enthousiasme de conquistador, je le parie.

J'entends déjà la protestation de Kevin quand il lira la lettre polie que je lui enverrai. Je sais aussi que son cerveau balaiera l'obséquieuse hypocrisie contenue dans ma réponse, qu'il pensera que je suis trop modeste, voire bête, voire indigne de lire son chef-d'œuvre. Jamais Kevin Sully ne reniflera la condescendance amusée si le sujet en est sa propre personne.

Le 15 janvier 1997, j'annonce à Mus qu'il est convié à dîner à la maison le soir même.

— J'ai invité deux correspondantes de longue date.

— Laisse-moi deviner : Odette et Sonia ?

— Parfaitement.

— Tu crois qu'elles m'apprécieront ? me demande mon ami dans une bouffée d'humilité.

— Si elles ne t'apprécient pas, c'est qu'elles ne valent pas le coup.

Mus a déjà remarqué combien son inactivité professionnelle est mal perçue, et plus spécifiquement chez les femmes. Même parmi celles qui se targuent d'égalitarisme ou de féminisme, leur jugement est inaltérable : un homme qui ne travaille pas n'est pas un homme. Oh, elles ne le disent pas toutes en face, elles sont bien trop civilisées pour ça, mais pour qui sait entendre les non-dits (et le sens des ellipses n'échappe pas à l'écrivain qui les décrypte avec une facilité jouissive), l'âme féminine est sans mystère.

J'explique :

— Odette est très sympa, très drôle ; l'autre, Sonia, est une fille supérieurement intelligente, un peu complexée et (à mon avis) encore vierge...

— Tu veux dire que tu as des vues sur Sonia ?

— Non, je pensais plutôt à toi, en ce moment j'ai la tête à autre chose et puis les dépucelages, c'est pas mon truc : trop de responsabilité...

— Mais enfin, Marc, c'est toi qui les attires, pas moi !

— Je ne veux procéder que par amour-fratrie avec ces deux-là. Tu es mon frère, mon double complémentaire ; si elles ne veulent pas d'un individu dans son entier, c'est-à-dire toi « et » moi, je ne voudrai pas d'elles.

— « Assiste ton frère, qu'il soit oppresseur ou opprimé », disait le Prophète ; je ne te comprends pas bien mais je suis avec toi.

— Le Prophète avait raison.

Le soir tombe ; Sonia arrive la première. Elle tente de sourire, mais son visage reste triste, ses yeux cernés. À peine passe-t-elle l'embrasure de la porte que son regard s'illumine de curiosité, ce qui effacerait presque ses petites flaques de boue. Je la trouve assez séduisante jusqu'à ce qu'un bourdonnement nasillard vienne fêler cette belle impression :

— Ouain, c'est grand chez vous !

Je la fais passer dans le salon ; ses yeux pompent avec avidité les détails intimes qui jonchent mon appartement, quelques calligraphies de Mus, les disques, les livres sur lesquels elle passe un doigt mou et superstitieux.

— Celui-là, je l'ai adoré, dit-elle en faisant claquer son ongle sur la couverture reliée des *Hauts de Hurlevent*. « *Wuthering Heights* », fait-elle avec autant d'accent anglais que de fierté estudiantine.

Sa bouche s'est arrondie puis sa langue s'est trouvée piégée par les dents, sur la fin : relâchement. Un spectacle. Elle reprend, en français dans le texte.

— Je suis une romantique, mais pas dans le sens niais du terme.

Je m'insurge :

— Romantique ne veut pas dire niais de toute façon. Le romantisme exige un courage qui effraierait un niais, je n'aime pas qu'on vulgarise ce mot.

Je lui propose de continuer la visite. Nous passons devant ma chambre. Je vois qu'elle se tord le cou pour découvrir ce que lui autorise la porte entrebâillée. Elle est toute rouge. En tout cas, elle semble troublée.

C'est seulement arrivée dans la cuisine qu'elle reprend ses esprits et laisse jaillir un flot de paroles retenu depuis des siècles.

— Je ne vous ai pas raconté ce que mon père a eu le toupet de me dire, dernièrement ?

— Non ?

— Il me téléphone mercredi pour me demander de passer dimanche à deux heures parce que (index et majeurs vigoureusement pliés) : « Marise n'arrive qu'à quatre heures, on pourra parler. »

— Eh bien, c'est normal.

— Comment ça « normal » ?! Déjà (1), la normalité, je ne sais pas ce que c'est !...

Sa révolte de petite fille m'amuse en même temps qu'elle m'exaspère.

— Et...

On vient de sonner à la porte. Sonia interrompt de mauvaise grâce son soliloque d'insurgée ; que le pamphlet parricide attende lui donne un air pincé, une expression au-dessus de son âge.

J'ouvre la porte sur Mus et Odette ; celle-ci pousse un cri de femelle guerrière : « Marc ! » et manque de bousculer mon ami pour se jeter dans mes bras.

— Tu vas bien ? demande-t-elle avec un air concentré en me chargeant les bras de deux bouteilles.

— Euh oui... Odette, voici Mus et Sonia.

Ce n'est que maintenant que son champ optique s'agrandit. Elle sourit aimablement, bredouille un bonsoir distrait et, alors que les deux autres s'abandonnent dans mes fauteuils pour mieux goûter la vue parisienne qui inonde la fenêtre du séjour comme un aquarium, Odette trottine servilement derrière moi.

J'ai enclenché mon moteur cérébral : Odette

jacasse, et je trouve à lui répondre sans me pénétrer de son discours, je rêvasse au-dessus de nos paroles. Ce potentiel de résistance m'habite depuis très longtemps. Vers l'âge de dix ans, époque pénible où les adultes veulent « bavarder », je constatai, heureux et stupéfait, la naissance immaculée d'un interlocuteur intérieur. Alors que ma bouche articulait des sons, solfège poliment monotone, mon esprit, lui, fuyait vers une langue sourde, dialoguait avec l'autre moi, mon indispensable parent. Excessif, il m'a déjà déposé sur des continents mouvants au moment où je m'y attendais le moins, m'accordant des plaisirs surhumains et des craintes inhumaines ; il a le mérite de me faire passer des frontières invisibles.

Les phrases d'Odette percutent mon esprit, mes réponses fusent automatiquement, elles sont superficielles et opportunes, ça suffit. L'émotion de mon interlocutrice ne me pénètre pas, et ses sous-entendus sont rembarrés par l'enveloppe physique de mon crâne. En revanche, je me distrais en contemplant intensément les choses. D'abord ce bouchon qui s'extirpe de sa bouteille de Lillet, la lumière qui percute ma cuisine, les yeux verts d'Odette. Soudain, c'est l'autre pièce de l'appartement qui m'aimante. J'entends distinctement la voix de Sonia :

— Mus, qu'est-ce que tu fais dans la vie ?

— Je suis une sorte de chômeur.

— Chômeur (longue réflexion), mais alors tu fais quoi ?

Mus, gêné :

— Ben, des trucs...

J'entends Mlle Rossinante articuler ce mot bizarre en se gargarisant du raclement bref :

— Des « trucs »... (même temps de non-réflexion que ci-dessus), c'est-à-dire ?

Mus soupire. Je sens qu'il m'appelle à l'aide. Je hausse suffisamment la voix pour que Sonia sache à qui je m'adresse :

— Mus est un artiste, et comme tous les artistes il est très secret !

Je ne parlerai pas des calligraphies colorées qu'il couche sur le papier : premièrement, c'est à lui de le faire, deuxièmement, je comprends parfaitement qu'on cherche à cacher les parties de soi les plus admirables quand on vient de faire connaissance. La vraie noblesse enterre ses gloires comme le chat recouvre ses excréments.

Sonia, elle, ne comprend pas. Elle voudrait qu'il se livre en entier, du premier coup, comme un objet. Mus résiste et s'endurcit. Il invente une contre-offensive :

— Marc m'a dit que tu es une étudiante brillante...

— Oh, pour ce que j'étudie ! En fait, mon année héroïque est derrière moi, en khâgne, précise-t-elle, rêveuse.

J'apporte la bouteille au salon, Odette me suit avec des verres cliquetant sur un plateau.

— Quand j'étais en khâgne, reprend Sonia

soudainement gonflée d'importance, avec les copains, on faisait des soirées à thème.

Odette m'interpelle :

— Oh, il faut que tu signes la pétition pour la légalisation des sans-papiers de La Ferté-Alais. Ça te fera une promo explosive !

Je regarde Mus qui a erré des années dans l'illégalité et à qui elle n'accorde pas un seul mot.

— Tiens, poursuit Sonia avec ce ton traînant que je lui connais et qu'un folklore nasillard de fausse décontractée ne tarde pas à suivre, un soir (elle dit un souaaar), le thème était « Paris », alors un copain est arrivé avec un maillot de bain sous son peignoir, et (pouffements incoercibles) il a dit : « Je suis Porte Maillot ! », c'était dé-so-pi-lant !

Je capte quelques secondes de consternation sur le visage de Mus. Je repense aux confessions furtives de Sonia quand elle évoquait ses hauts faits d'« intellectuelle délurée ». J'imagine les prises de risque incroyables qui l'ont rendue aussi drôle que vaillante : tirer la langue à son père, se curer le nez pendant le cours de grec, sonner aux portes et partir en courant. Je suis à peine revenu de ma rêverie enfantine que Sonia réitère dans l'humour, comme si elle m'entendait penser :

— Oh et puis, la fois où on rentrait à deux heures du mat' et qu'on sonnait aux portes (l'avais-je dit ?), il y avait toujours quelqu'un pour dire à l'interphone : « Qui est-ce ? », et nous : « C'est Boule ! »

Cette fois-ci, même par politesse, personne n'a ri.

— Vous comprenez : « Qui est-ce ? », réponse « Boule », ça fait « Boule Quies » !

Pendant qu'elle se délecte de son trait d'esprit, Odette m'attrape le bras et continue sur sa lancée :

— Tu imagines, dans quelques siècles, on lira dans les manuels scolaires : « Marc Schwerin : écrivain qui marqua son temps tant par sa prose flamboyante que par ses engagements politiques. » La classe, mon cher !

— Et dire que je ne serai pas là pour l'apprécier...

— Ah, avoir son nom dans le dictionnaire !

— Se sentir un peu mort mais avec les honneurs...

Ce que je dis n'empêche pas Odette de me considérer comme un immortel. Sa façon de jouer des coudes pour se placer première interlocutrice, sa servilité à mon endroit et les démonstrations très « tactiles » de son amitié rivalisent avec l'empressement fanatique d'une cour versaillaise. Transférant sa soif de conquêtes sur mon destin de papier, elle me regarde, myope amoureuse, comme une vassale comblée par l'avancement que lui assure un maître au nom doré.

— Et toi, Mus, demande Sonia de nouveau hissée sur son cheval de bataille, il y a bien quelque chose que tu voudrais faire ? Tu pourrais m'en parler...

— C'est-à-dire que je suis peintre et superstitieux. Pour moi, déflorer mes projets équivaut à foutre en l'air des mois de travail.

— Oui, d'accord, mais parle-moi de ces projets, insiste Sonia avec un ton de fine psychologue.

Je vole encore au secours de mon ami ; cette fois-ci avec une corde toute neuve à mon arc :

— Mus est tagueur. Son projet est de couvrir de ses créations les murs des quatre grandes gares parisiennes. Pour chaque fresque, il a choisi un thème inhérent à mes bouquins.

Silence et stupéfaction chez mes trois invités, y compris Mus, un peu déstabilisé par mon énormité.

Sonia commente :

— Ce que j'aime chez les tagueurs, c'est qu'ils sont malsains.

— Pas du tout, rétorque Odette, les tagueurs sont nécessaires à notre société parce qu'ils assainissent le paysage politico-esthétique. Il y a de la revendication anticolonialiste dans ce mouvement.

Sonia hausse les épaules.

— C'est génial de connaître un artiste de banlieue. Où vous êtes-vous rencontrés ? me demande-t-elle.

— À la gare du Nord, plus précisément dans les toilettes de la gare, embraye Mus qui fait merveilleusement preuve d'improvisation.

— Oui, novembre 95, dis-je, ça fait bien deux ans qu'on est amants. Pas vrai, Mus ?

— Oui mon chéri (et il fait mine de compter tous ces mois d'aventure impromptue).

Une fureur fédératrice a rapproché malgré elles Odette et Sonia. Leurs cris de colère déchirent le silence. À une autre époque, mes deux soupirantes s'arracheraient les cheveux. Des années, des mois d'amitié sincère, de correspondance acharnée et affectueuse leur ont fait croire que je les désirais. Goujaterie, trahison, mensonge, je lis dans leurs regards toute l'étendue de ma culpabilité. Sonia est la première à rendre son verdict.

— C'est pas normal, marmonne-t-elle, tout en trouvant à se servir d'un adjectif qu'elle a honni naguère.

Je me fais doctoral :

— Proust para cette vilaine accusation par ces mots : « Il n'y avait pas d'anormaux quand l'homosexualité était la norme. »

Odette, les yeux exorbités, reprend un peu ses esprits.

— Mais enfin, Marc, tu aurais pu nous prévenir !

— Je ne tiens pas à dévoiler mon intimité à mes lecteurs.

— Mais nous ! fustigent-elles en chœur, on n'est pas n'importe qui !

— C'est vrai que vous n'êtes pas n'importe qui, vous êtes de très jolies filles...

Stupéfaction outrée.

J'aggrave mon discours :

— Si vous osiez vous regarder l'une l'autre, vous verriez des merveilles, car vos visages sont époustouflants ; Odette, Sonia, croyez-moi : je n'ai jamais voulu vous blesser, je veux faire votre bonheur à toutes deux puisque je vous aime également. Tenez, si vous formiez un couple, je bénirais votre alliance avec autant de passion que je bénis la tête de Mus.

Je joins le geste à la parole en posant une main molle d'abbé sur la chevelure crépue.

— Mais enfin, tu délires, Marc. Depuis quand crois-tu que tu peux nous manipuler ? On ne va pas reporter notre attirance parce que tu nous le demandes ! Ton idée est parfaitement ignoble !

Je savoure l'union linguistique qu'Odette exprime malgré elle par ce « nous » inédit ; puis j'écarquille les yeux avec une bonne foi d'acteur.

— Quoi ? Vous êtes toutes les deux en train de me dire que vous me désirez ? C'est impossible, voyons ! Je n'aurais jamais cru ça de vous, dis-je avec un soupçon de déception. Tu entends ça, Mus ? Ces jeunes filles brûlent pour le phoque le plus célèbre de la littérature française de la fin du XXe siècle ! C'est d'un cocasse...

Mon « amant » acquiesce, sourit à l'une et à l'autre :

— Je suis désolé, déclare-t-il tout bas.

Cette trop grande humiliation les couvre d'un charme désuet d'indolentes. Au XVIIIe siècle, les femmes s'évanouissaient sous l'empire d'une émotion trop forte ; c'était d'un très bon goût. L'apathie soudaine qu'Odette et Sonia partagent avec leurs ancêtres du grand siècle les embellit comme le silence magnifie les dévotes. Blêmes et sonnées, elles cherchent l'arme supérieurement insultante :

— T'es immonde, éclate Odette.

— On dirait mon père, ajoute Sonia.

La soirée tourne au fiasco : les deux jeunes filles se lèvent de concert, et, sans se consulter, s'enfuient comme des jumelles.

Mus ne se départ pas de son rôle d'ingénu :

— Et dire que tu ne m'as pas acheté un seul robot ménager en deux ans d'amour !

J'éclate de rire. Considérant la douceur de ses traits, l'air céleste du Chérubin des *Noces de Figaro* m'envahit la tête de musique.

d'Odette Heimer à Marc Schwerin

La Ferté-Alais, le 17/1/97

Marc,

Ma colère n'est pas tombée ; elle s'est juste un peu apaisée.

Je n'arrive toujours pas à comprendre pourquoi tu nous as tournées en bourrique. Je n'aime pas être le dindon de la farce, la tête de Turc, l'idiote du village, etc.

Bref, je n'irai pas par quatre chemins : Marc, ton comportement avec nous était puéril et stérile ; alors, un bon conseil, arrête ça, maintenant.

Si tu t'excuses aujourd'hui, je te pardonnerai peut-être.

Écris-moi vite. Je t'embrasse (quand même),

Odette

de Sonia Rossinante à Marc Schwerin

Paris, le 18/1/97

Marc,

Où est passé l'ami intime, le confident, le père spirituel de ma jeunesse épanouie ?

Ô Marc, que vous avais-je fait pour mériter une telle punition ? Assurément rien.

J'ai longuement réfléchi, depuis deux jours, et je suis arrivée à la conclusion que vous devez avoir atrocement souffert dans votre vie pour diriger toute cette violence contre moi. Mais, voyez-vous, cette violence qui habite votre chair si virilement, elle me séduit. Au début bien sûr, cela m'a surprise, j'ai cru voir en vous un sadique du même acabit que mon père, mais non, Marc, vous êtes une brute, vous avez en vous la force primitive des animaux. Ça ne fait évidemment pas de vous un pervers — et c'est la raison pour laquelle je ne crois pas du tout que vous soyez un inverti.

Ô Marc, laissez-moi encore une chance de vous démontrer à quel point un homme et une femme représentent la formule éternelle d'une alchimie supérieure. Si vous essayez de m'aimer (vous verrez : rien de plus simple), cette violence qui vous ronge le cœur se transformerait en un souffle puissant et divin. Que vous seriez grand, alors. Bien plus grand qu'à présent.

Marc, je VEUX encore croire en vous. En voulez-vous la preuve ? Conformément à ce que vous nous aviez demandé à Odette et moi, j'ai découvert de la beauté dans le visage de celle qui a presque autant souffert que moi. Vous devinez aisément la suite.

N'oubliez pas, Marc, que c'est pour vous que cette union fut consommée. Pour vous plaire.

À vous,

Sonia

P.-S. : Si, au moins, vous me connaissiez mieux ! Laissez-moi une chance !

Le jour suivant, pour échapper à la mauvaise humeur et à l'agacement que ces deux envahisseuses lui inspiraient, Marc Schwerin écrivit une lettre très tendre à sa petite amie, qui terminait une peine de réclusion à la prison de Bordeaux. Il aurait jubilé si ces créatures avaient découvert le zèle amoureux contenu dans cette missive.

d'Odette Heimer à Marc Schwerin

La Ferté-Alais, le 25/1/97

Marc,

Toujours pas de réponse.

Rajouter du silence à ton comportement inacceptable de l'autre fois constitue une insulte. Pour qui te prends-tu ?

Je vais te dire ce que tu es. Tu es un pauvre type, un misogyne qui a besoin de faire souffrir les filles pour oublier son impuissance. Tu es incapable d'aimer parce que tu n'as rien dans le pantalon. C'est typique. J'en ai parlé, l'autre jour, avec une journaliste de *Paris-Soir* ; elle aussi a parfaitement flairé en toi le « maniaco-dépressif à tendance obsessionnelle que les complexes sexuels ont poussé vers un donjuanisme effréné et pervers ». Alors, un bon conseil, Marc, va te faire soigner. C'est un conseil d'amie cela s'entend.

Mon honnêteté m'oblige à te dire quelque chose. L'autre soir, j'étais tellement furieuse contre toi que j'ai téléphoné à Sonia. Nous nous sommes retrouvées le soir même et, alors que je parlais du mal que tu nous avais fait à toutes deux, nous sommes tombées dans les bras l'une de l'autre. Je l'avoue : c'était incroyable, puissant, inoubliable.

Je sais que tu trouveras ça choquant (comme tous les réacs), mais moi, j'ai aimé coucher avec Sonia. Elle m'a fait jouir, elle !

Écris-moi.

Odette

de Marc Schwerin à Mustapha

Paris, le 27/1/97

Mon cher Mus,

Que d'orages depuis la dernière soirée !

Je ne parviens toujours pas à croire qu'une simple plaisanterie — a priori tout ce qu'il y a de plus anodin — puisse s'emparer de cerveaux sains, assiéger de jeunes consciences et déclencher, en un rien de temps, un mécanisme destructeur.

Depuis l'autre soir, je reçois d'Odette des mots d'une impudence puérile mélangés à des menaces maladroites, tandis que Sonia (la plus perverse des deux, comme tu l'as remarqué) me bombarde de propositions plus sexuelles et tordues que jamais. Elle me déclare, entre autres choses, avoir couché avec Odette « pour [me] plaire » !

Ce 15 janvier, mon état d'exaspération avait atteint son sommet et j'en avais oublié (sot que je suis !) le manque d'humour des jeunes filles. Tu te rappelles qu'à peine avons-nous joué les invertis que ces demoiselles ont hurlé au scandale ; eh bien maintenant, chacune dans son style propre, elles exigent des réparations !

Et dire que je trouvais Odette drôle... Qu'elle soit hardie, je l'admets. Que son effronterie lui procure une vitalité rare, je n'en doute pas. Mais, mon Dieu (qui n'existe pas), quelle despote en jupons ! Sais-tu, Mus, qu'elle ordonne que je réponde à ses lettres ! Devrais-je écrire à quelqu'un (quelqu'une !) qui débite deux inepties par phrase et qui prétend me psychanalyser en utilisant un jargon qu'elle ne comprend pas ?

Tu devrais voir avec quelle délectation elle me traite d'impuissant ! Les femelles mal baisées raffolent des attaques basses. La vérité est que je la soupçonne de me reprocher de ne pas bander pour elle, et ça, c'est autre chose ! Si elle savait que je souffre d'une trop grande sensibilité qui provoque en moi des érections incoercibles, et dont elle n'a jamais été la muse !

Mais le plus étonnant dans la dernière lettre d'Odette, c'est son amnésie partielle concernant mes paroles « inacceptables » de l'autre soir. N'est-ce pas l'œuvre d'une contorsionniste mentale que de saisir comme instrument de vengeance cela même qui, dans ma bouche, avait déclenché en elle des cris d'horreur ? Car, vois-tu Mus, la jeune fille s'imagine me faire les pieds en couchant avec Sonia, alors qu'elle ne fait que suivre mes propositions voluptueuses à la lettre ! Seulement, l'idée est trop bonne pour qu'elle ne vienne pas d'elle. Pauvre enfant ! Apprenti vizir ! Ta colère est encore un hommage !

Faut-il dire à Sonia que son désir m'écœure ? J'ai toujours été diplomate dans la vie, ce qui m'a valu le mépris des sots et l'admiration des autres ; mais la répulsion que l'amour fanatique de Sonia m'inspire ressemble à une canalisation trouée :

on ne colmate pas ça avec du silence. As-tu remarqué, toi aussi, que la pucelle promène dans sa bouche un surcroît de bave — sans doute une accumulation de matière oubliée par des baisers inexistants — qui, quand elle parle, s'étire verticalement près de la commissure des lèvres et qui rappelle furieusement les fils du gruyère fondu ?

D'où me vient l'écœurement que suscitent en moi certaines jeunes filles comme Sonia ? Le teint n'est-il pas assez pur ? Les yeux assez habités ? Non, ce n'est pas ça. L'élément pathogène de mes dégoûts trouve sa source dans une mixture d'impressions. Mlle Rossinante concentre dans un noyau dur une perversion étudiée et bourgeoise que des rets de bave viennent humidifier, et c'est ça, me semble-t-il, qui révulse mes sens.

De peur de te communiquer mes nausées, j'arrête ici mon analyse physiologique.

Ne tarde pas à me donner de tes nouvelles !

Marc

de Sonia Rossinante à Marc Schwerin

Paris, le 28/1/97

Marc,

Votre silence m'impose une longue traversée du désert qui m'a beaucoup fait souffrir mais qui, maintenant — de même que le chameau conduit par une science qu'on appelle intuition découvre l'oasis — me guide vers de nouvelles conclusions.

Tout d'abord, je voudrais m'excuser pour le ton trop voluptueux de ma dernière lettre. Je vous aurai effrayé, c'est sûr. Voyez-vous, Marc, je suis comme la jeune épousée que vous décrivez dans *Le Roi des nyctalopes*, je suis d'une sensualité redoutable. Je vous confesse que, depuis mes douze ans, beaucoup d'hommes se sont détournés de moi pour cette raison. Le sexe de la femme jeune représente une telle gageure pour un homme aussi sensible que vous que je ne m'offusque pas de ce mouvement de recul qui signale plus une peur panique de tomber amoureux qu'une crise de colère. Allez, je vous pardonne votre silence, il est un aveu de votre fragilité.

Rassurez-vous, Marc, je ne vous obséderai pas longtemps, le temps d'une nuit, sans doute. Ensuite, quand nous aurons consommé ce trop beau fruit, je partirai. C'est pourquoi, je vous demande solennellement de ne pas trop vous attacher à moi ; car, comme chacun sait, l'homme commence à aimer après l'acte d'amour (pour la femme, c'est le contraire). Il faudra résister à ce sentiment, mon amour. Pour nous deux.

Il y a, comme toujours, quelques lubies paternelles qui perturbent ma vie. Vous me direz votre avis.

Vendredi, je reçois par la poste le montant de mon compte bancaire ; je constate au premier coup d'œil que mon gredin de père me laisse sans le sou. Que faire ? Intenter un procès ? Ce genre d'action me débecte et je ne suis pas assez américaine pour oser l'impudeur des tribunaux. Je décroche alors mon téléphone. Je rapporte ici notre conversation avec la plus grande rigueur.

Moi : — Tu me laisses tomber ?

Lui (soupçonneux) : — De quoi tu parles ?

Moi : — Tu ne m'as rien laissé sur mon compte ; en plus, en ce moment, je n'ai plus rien à me mettre...

Lui (soupir) : — Écoute, Sonia, tu n'es plus en classe préparatoire, tu as donc largement le temps de travailler après tes cours à la fac.

Ô Marc, si vous aviez entendu avec quel dédain il prononça ce mot — pour lui synonyme de déchéance académique : « fac ». J'en tremble encore...

Moi : — Tu aurais pu me prévenir que tu me coupais les vivres !

Lui : — Mais enfin, je ne te coupe pas les vivres, c'est juste qu'au train où va ma vie (il y a d'abord la procédure de divorce et l'emménagement), tu ne peux pas compter sur mes finances avec la même régularité qu'avant.

Moi : — Mouais, en tout cas, si j'étais à l'École normale supérieure, je suis sûre que j'entendrais un autre discours !

Lui (révolté) : — Mais pas du tout ! Sonia

(hésitation)... quand comprendras-tu que tu n'es pas mon employée ?

Moi : — Alors comme ça tu entends « patron et employée » quand je te parle d'amour et d'entraide !

Lui : — Je n'ai rien entendu de tout ça. Arrête tes mystifications (et je reste poli...).

Moi : — Mystifications ? Il faut tout dé-mys-tifier ! Je te l'ai déjà dit !

Lui : — Tu théorises dans le vide, comme d'habitude.

Moi : — Et toi, tu « capitalises » toutes les émotions. On te demande de l'aide et tu vois des relations d'entreprise. Ton travail au barreau contamine ta vie. Quel enfer d'avoir un père avocat !

Lui : — Ne te plains pas trop, être fille d'avocat, c'est pas si mal.

Moi : — J'aurais préféré être la fille d'un ouvrier, je suis sûre que j'aurais moins de problèmes relationnels avec ma famille...

Lui : — Avec des raisonnements aussi limités que les tiens, je comprends que tu n'aies pas réussi le concours d'entrée à Ulm.

Moi : — Père indigne !

Lui : — Pauvre fille !

Il raccroche.

Marc, je sens que ce qui mine ma relation avec mon père c'est son incontournable vanité de mâle. Qu'en pensez-vous ?

Ceci est encore un exemple qui vous dira à

quel point tous les hommes (TOUS ! sans exception !) vous sont inférieurs.

Votre Sonia

P.-S. : Vous ne m'avez même pas donné votre numéro de téléphone !

P.-S. : Odette vous embrasse (je crois qu'elle vous aime, je n'ose lui avouer ce qui se passe entre nous, ça la rendrait trop triste...).

Le silence est aussi insoutenable pour une femme que les jacasseries le sont pour un homme — j'entends un homme viril, pas les espèces de pédérastes qu'on rencontre aujourd'hui dans les bars et qui discutent chiffons avec autant d'haleine que les femelles. Inutile d'être diplômé en histoire pour savoir que nos compagnes furent assignées au silence pendant des siècles et que le sexe qu'on qualifie de beau en ressentit une frustration proche de la souffrance. Pauvres aïeules, heureux aïeux. Les filles de ces douces carpes brandirent un jour le subversif « droit à la parole » comme ersatz à la jouissance. Le verbe jaillit. Tout d'abord concentré dans les milieux élégants qu'on appelait salons, il se répandit sur tout le continent comme une traînée de poudre ; seulement l'ersatz n'est pas la chose et le remède ne rattrape pas le temps perdu. Les filles, de nos jours, ont peur du mutisme, du leur et — plus curieusement — du nôtre.

La jeune fille est un être humide, tout le monde le sait. Refusez-lui votre conversation, elle mourra comme une plante desséchée. Tentez de retenir le flot de ses paroles et elle éclatera aussi bien qu'un tonneau sous la pression de liquide.

Pour ma part, je suis de ceux qui aspirent au silence au moins par intermittence ; je me compare un peu au nageur qui respire entre deux brasses. Mon expérience aquatique m'a déjà montré qu'il est aussi héroïque de résister à la noyade (sa persuasion silencieuse) que de lutter contre l'emprise des goules. On ne peut pas en vouloir à l'eau de tenter de nous noyer ; de même, je tiens à me barder d'indulgence pour ne pas trop en vouloir à celles qui voudraient briser mon silence.

Les magazines féminins me posent souvent la question « L'amitié entre hommes et femmes est-elle possible ? » Eh bien, elle doit être rare pour un homme qui aime le célibat. J'ai remarqué depuis un peu plus de dix ans que toutes les lectrices auxquelles j'ai répondu se sont déclarées mes amies et en ont déduit qu'elles m'étaient indispensables ad vitam aeternam. Rien de plus inepte au monde. La vérité est que leurs « amitiés » me pèsent car elles imposent les mêmes devoirs qu'un contrat de mariage : (1) les rapports doivent être réguliers, (2) tout comportement se doit d'être justifié (les sacro-saintes Explications) et (3) une parole donnée est censée s'inscrire dans l'éternité — alors que tous mes mots se veulent volatils.

Comment se protéger de ces amitiés dévorantes ? On voudrait invoquer la force d'inertie pour faire fuir ces adversaires, mais c'est alors qu'elles redoublent de tendresse ou de colère, s'acharnent sur notre mort apparente comme un vautour sur une charogne. Je dis sans fierté qu'il faut une force surhumaine pour leur résister.

de Marc Schwerin à Sonia Rossinante

Paris, le 2/2/97

Sonia,

Vos deux lettres me disent à quel point vous êtes persuadée que je cherche à vous résister par le silence, que je vous désire malgré moi. Si j'écris aujourd'hui c'est donc pour mettre un terme à des espérances insensées qui pourraient vous faire du mal.

Tout d'abord, acceptez que je ne sois ni un sadique ni une brute — voyez comme je vous ai lue — et que, par conséquent, la seule idée que vous puissiez souffrir en attendant trop de moi m'est insupportable.

Vous dites dans votre seconde lettre que je perçois votre « sensualité redoutable » ; je dois vous dire (désolé si je vous vexe) que je ne vous trouve pas d'une volupté exceptionnelle et s'il y a quelque chose d'effrayant entre nous, c'est bien que le désir ne circule pas, qu'il s'est cantonné à n'obséder que vous.

Vous ne voulez pas croire à mon homosexualité ? Libre à vous ! Mais enfin, que je fasse les choses à l'endroit ou à l'envers, l'essentiel n'est-il pas que je ne vous trouve pas à mon goût ?

Ne rêvez pas, Sonia, quelqu'un habite déjà mon cœur et toutes celles qui voudraient prendre sa place me désolent.

En ce qui concerne la deuxième partie de votre lettre (la dernière), je vous dirais que si vous me connaissiez dans l'intimité, votre père vous paraîtrait soudain doté des plus grandes qualités. Et croyez-moi, on peut avoir l'air radin, obtus, indigne même, sans l'être un quart de seconde. À bon entendeur...

Marc

P.-S. : Dites à Odette que je suis prêt à lui réécrire si elle s'excuse pour le ton et la substance de ses dernières lettres.

Est-ce votre expérience personnelle qui vous fait tirer des conclusions psycho-temporelles sur l'amour de l'homme et de la femme ?

de Sonia Rossinante à Marc Schwerin

Bordeaux, le 5/2/97

Mon cher Marc,

Avant de partir pour la maison de mon enfance, où je dois rester quelques jours, j'ai reçu votre lettre. Marc adoré, comme ma lecture me rappela la frénésie de mes boulimies d'adolescente. Avec quelle avidité mes yeux caressaient votre écriture de prophète !

Vos mots m'ont aidée à prendre plusieurs décisions concernant ma vie. Dans un premier temps, j'ai considéré le ridicule de ma relation avec Odette. Comment pouvais-je embrasser quelqu'un d'autre que vous ? Je comprends le silence qui suivit ma première missive : vous ne supportiez pas alors de m'imaginer avec une autre personne que vous et, tel un sauvage, vous avez voulu prendre le large. Ne craignez plus rien, hidalgo, car j'ai mis un terme à cette aventure trop salée, et j'en savoure maintenant la rupture.

Je ne m'attarderai pas sur la déception sensuelle que j'ai connue avec elle ; chacune de nos étreintes était un fiasco — rien de plus prévisible quand on espère le poids d'un écrivain sur son ventre et qu'on y reçoit seulement les caresses d'une nymphe vaguement émue. Par ailleurs, j'ai bien senti dans votre post-scriptum qu'Odette vous avait fâché à mort et ça, je ne pouvais l'endurer, faire souffrir l'amour de ma vie ! Je lui aurais arraché les yeux à cette arrogante !

Ensuite, toujours grâce à vous, j'ai décidé d'aller voir mon père pour éclaircir certains points. J'ai, en effet, des choses à lui demander et des révélations à lui faire. À l'heure où vous lirez cette lettre, mon père saura combien nous sommes fous l'un de l'autre... Quelle ivresse !

Oui, Marc, mon père saura à quel point vous êtes quelqu'un de bien, qui a horreur de « faire du mal ». Il saura que vous n'êtes (contrairement à tous les hommes) « ni un sadique ni une brute », que ma douleur vous insupporte, que votre fragilité est celle d'un artiste, non d'un pédé. Laissez-moi vous dire qu'il sera très impressionné !

Et encore ! Je ne lui raconterai pas vos déclarations raffinées, vos avances aussi savantes et légères que de la dentelle, votre façon si spirituelle de parler du désir, car, comme vous dites, la sensualité est « effrayante » dès l'instant où « le désir ne circule pas ». Vous avez parfaitement raison : taire ses envies ou s'autosatisfaire, toutes ces actions égoïstes sont ignobles. Et cette élégance quand vous dites à demi-mots que je loge déjà dans la puissante chaleur de votre cœur ! Marc, vous êtes irrésistible !

Votre Sonia

P.-S. : Vous avez remarqué à quel point je suis une spécialiste de la question sexuelle. Vous avez raison. Dès ma première année de classe préparatoire, mon intérêt s'est porté sur ce que les Américains appellent les *gender studies* (définir les rapports sociaux entre hommes et femmes), j'y ai puisé des réflexions très contestataires qui avaient le mérite d'impressionner mes contemporains. Une manière comme une autre d'être une obsédée !

d'Odette Heimer à Marc Schwerin

La Ferté-Alais, le 7/2/97

Cher Marc,

Je regrette de t'avoir vexé, si je t'ai vexé ; je regrette le ton de mes lettres, si leur ton était malvenu. Je préfère utiliser des « si » car c'est Sonia qui m'a donné des consignes et j'ai appris à douter de sa parole. Il est bien possible, par ailleurs, que tu m'aies ignorée un temps de manière à couper les ponts avec elle. Je te comprendrais puisque c'est ce qui s'est passé entre elle et moi. Je l'ai plaquée. Il le fallait puisque j'ai détecté des pathologies remarquablement lourdes et coriacement ancrées en elle. Heureusement, elle ne m'a pas contaminée... Tu veux que je te dise, Marc ? Cette fille est mytho-éroto-nymphomane. Rien que ça. L'autre fois, elle m'a dit : « Le désir de Marc pour moi a influé sur son écriture, d'ailleurs je suis le modèle qui a servi à camper l'héroïne principale du *Roi des nyctalopes*, Zora della Scalope, c'est moi ! » Je lui ai dit qu'elle se mettait le doigt dans l'œil jusqu'au coude, mais elle m'a répondu (avec sa voix de bourgeoise branchée) : « Ouais, je vois ! Comme tous ceux qui sont dans les médias, tu ne sais même pas lire. » Sa connerie congénitale m'a fait péter un câble et je lui ai balancé une baffe. Tu devines le reste... (pleurs, engueulade, séparation).

Pour ma part, je vais globalement bien mais j'aimerais vraiment avoir de tes nouvelles.

Je t'embrasse,

Odette

P.-S. : Un jour, tu m'as dit : « Sans l'attente, l'amour n'est qu'un flirt. » J'ai beaucoup attendu...

Si ces deux-là s'étaient trouvées, je m'en serais débarrassé en toute élégance ; mais non, leur désir de régner l'une sur l'autre a tout fait éclater.

La confiance m'a livré aux louves. De part et d'autre, elles me reniflent, m'épient, me traquent, fantasment. D'un côté, la démone à la libido dégoûtante, de l'autre la régente à la gâchette chatouilleuse. Pour un malentendu, j'ai tendu mon propre piège.

Cette impression de persécution ne me quitte plus. L'attaque a dépassé les lettres. Dans l'opacité de ma conscience, leurs promesses se sont transformées en menaces, leurs mots d'amour en insultes et leur assurance sexuelle de filles de leur temps viole mes rares moments de repos. Pourquoi l'aveuglement narcissique de Sonia m'estomaque-t-il à ce point ? Pour quelle raison l'agressivité d'Odette me mitraille-t-elle plus qu'une autre ? À l'heure qu'il est, mon esprit est coincé dans le goulot d'une bouteille à embrouilles et j'attends l'idée de génie qui m'en expulsera comme un nouveau-né.

Ce matin, le téléphone a sonné. J'ai décroché mais personne n'a répondu. Mes « allô » se perdaient dans le silence d'une oreille muette. Je sais que c'était Sonia. Je ne sais pas comment elle s'est arrangée pour obtenir mon numéro, mais le fait est là : elle achève de m'exaspérer en se délectant de ma panique. Je l'entends goûter ma voix, voyez-vous. Elle est restée à l'écoute jusqu'à ce que je raccroche et là, elle a joui. Ça aussi je l'ai entendu. Impossible de le rater. Une vierge qui jouit, ça résonne comme une fissure sismique.

Mes sentiments pour elle sont passés de la pitié au mépris. « Pitié » car je l'imaginais sans défense, « mépris » (maintenant) car je vois bien que son imagination ne dépasse pas les limites de son amour-propre. La niaiserie de ses flatteries et de ses envolées poétiques est époustouflante. Je perçois le pathétisme de Sonia avec autant d'irritation que j'ai mis du temps à m'en apercevoir ; et du coup, Odette retrouve ma considération. Dans sa dernière lettre, elle m'est apparue comme au début de notre correspondance : honnête, vive et dénuée d'ambitions littéraires (une qualité rare qui échappe à Sonia). Même si j'ai encore ses reproches dans les oreilles, au moins n'est-ce pas elle qui joue les interlocuteurs fantômes derrière le masque d'un combiné...

Les « ambitions littéraires » : n.f. pl. Virus

touchant les correspondant(e)s d'un écrivain célèbre qui se mettent à rêver d'un quelconque talent de plume sous prétexte que ce dernier pousse la charité jusqu'à leur écrire deux-trois compliments de politesse (qu'il ne pense généralement pas).

Les conseils littéraires de Sonia rapportés par Odette ont réveillé ma mémoire comme une madeleine. Je fis un bond dans le temps et tombai sur la deuxième lettre de Mlle Rossinante. Dans sa magnanimité d'adolescente exceptionnelle, Sonia me gourmandait avec une assurance précoce de prof de khâgne : « J'ai beaucoup aimé *L'Uppercut*, mais il est dommage que derrière la peinture du personnage de Karl Bum, le lecteur sente votre mépris pour l'ancien ministre de la Culture. Le lecteur n'a pas besoin de connaître vos opinions politiques, cher Marc. »

Si Sonia Rossinante avait vécu du temps de Voltaire, elle aurait forcément envoyé ces mêmes recommandations à l'auteur de *Zadig*. J'imagine l'ampleur des dégâts : « Cher Voltaire, la lecture de votre conte philosophique m'a remplie d'allégresse, cependant je regrette votre critique déguisée du roi de France — tout bon lecteur s'en sera aperçu, le lecteur n'a pas besoin de connaître vos déboires avec le pouvoir, cher monsieur. »

Candide Sonia qui vénère l'académisme mais préférerait mourir plutôt qu'avoir à confesser son péché débile de bonne élève. Question de standing.

de Sonia Rossinante à Marc Schwerin

Paris, le 8/2/97

Marc,

Je suis rentrée à Paris plus tôt que prévu et je vous écris dans la hâte. J'ai, en effet, appris qu'Odette vous a fait des révélations à mon sujet et je me demande bien quelles inventions elle a pu encore trouver pour contaminer nos rapports. Vous n'êtes pas sans ignorer qu'elle est furieuse que j'aie pris la poudre d'escampette. Je la crois atteinte de mythomanie, et Dieu sait que ces publicitaires sont convaincants quand ils veulent vous faire avaler des couleuvres.

Savez-vous que la rustre m'a un jour traitée de « bourgeoise en jean's » ? Moi qui vis petitement dans cette chambre de bonne (que vous connaissez), trop exiguë pour un lit à deux places ! Un jour, j'ai eu droit à un discours sur la « prétention gratuite et légendaire des anciens élèves de khâgne », quelle insolence !

Je vous en prie, mon ami, ne croyez pas les mauvais dires de cette fille qui n'est rien pour vous.

Je vous écris enfin et surtout pour vous assurer de mon amour éternel et vous convaincre (comme disait Shakespeare à son amant, l'énigmatique W.H.) que si votre génie perdurera dans les textes, votre beauté aussi se doit de se perpétuer pendant des siècles. Je vous rapporte en rougissant ce que le grand poète chantait au bellâtre pour le mettre en garde contre la mort que représente le célibat et l'engager à découvrir les joies honorables de la paternité :

Die single, and thine image dies with thee.

Vous l'avez compris, cher Marc, mon père a béni notre liaison.

Votre (plus que jamais) Sonia

P.-S. : J'attends votre réponse avec toute l'excitation de Zora dans *Le Roi des nyctalopes.*

L'auteur décide d'interrompre ici son récit pour se consacrer à la narration de ce que Sonia qualifierait d'inutile, et qui pour nous est de toute beauté : l'enfance d'une des principales héroïnes.

Cette entreprise n'a aucune prétention psychanalytique, elle veut seulement faire plaisir à un créateur qui, devant son papier, n'est pas indifférent aux charmes du passé, surtout s'il y voit se promener son héroïne préférée.

Ceux qui ne voudraient pas prêter attention à l'enfant « qui dort au fond » de Sonia Rossinante peuvent passer ces pages jusqu'à la reprise de l'intrigue initiale.

À neuf ans, Sonia était la plus heureuse des petites filles.

Ses parents possédaient une villa avec un jardin dans le Bordelais où elle prit goût à la vie en plein air. Elle était bonne élève en classe (toujours assise au premier rang) et la maîtresse aimait cette jolie petite si simple dont les épaules débiles servaient de reposoirs aux beaux cheveux châtains ramassés en couettes. Sans être la lumière de sa classe, Sonia figurait dans le peloton de tête et s'en satisfaisait.

Elle aimait lire la comtesse de Ségur, dédaignait les bandes dessinées — « trop futiles » disait-elle car elle avait appris cet adjectif récemment et le plaçait dès que le contexte le permettait. Ce qu'elle préférait dans les livres, c'était les mots obscurs. Un jour, elle comprit qu'en plus d'être doux en bouche comme des bonbons, ceux-ci avaient surtout un pouvoir mirifique sur son père, car un mot complexe prononcé par une petite personne provoque toujours l'admiration bruyante chez une grande (personne) ; et Sonia, depuis qu'elle savait voir, n'avait pas plus grande ambition que d'attirer l'attention de son père. L'enfant avait fait cette grande découverte un après-midi où, allongée dans l'herbe du jardin, elle parcourait le dictionnaire. Son œil tomba sur un adjectif sonnant comme un cri de criquet : « rétractile » était le nom de l'heureux élu. Elle lut la définition et répéta à haute voix l'exemple donné : « Les griffes du chat sont rétractiles. » Elle fut tellement enjouée de sa trouvaille qu'elle alla se hisser sur les genoux de son père qui, studieux et bourru, jeta un regard au-dessus de la monture de ses lunettes et poussa un grognement d'ours dérangé dans son sommeil juridique.

— Papa, papa, cria l'enfant.

— Mmm, répondit la bête à moustache rousse.

— Écoute : les griffes du chat sont « rétractiles ».

(Stupeur chez l'animal.)

— Mais... Bravo, Sonia ! Où as-tu trouvé ce mot ?

— Je le connais depuis longtemps ! avait-elle répondu sans vergogne.

C'est ainsi que l'amour des mots fut inconsciemment relié chez Sonia à l'égard paternel.

À l'âge de dix ans, à cette époque où la puberté commence à poindre chez les petites filles du Sud, plus précoces que les Nordiques, une tragédie digne de Shakespeare éclata dans la vie de Sonia. Une petite sœur se greffa à la famille comme un cheveu ose se baigner dans la soupe. Cet événement marqua le déclin de l'âge d'or de notre héroïne. Le nouveau-né demandait des soins précieux et cette « petite guimauve rose » comme l'appelait en cachette Sonia avait révolutionné les habitudes familiales. Sonia sentit que sa première rivale était née.

Ainsi, comme la loi des séries est aussi vieille que le monde, Sonia, déjà condamnée à une fraternisation qu'elle voulait la plus tardive possible, s'aperçut que le destin lui jouait des tours. Sur sa poitrine, deux jolies lentilles rouges et douloureuses avaient poussé (ô prémices irritantes de la puberté !) et la « presque » jeune fille sentit confusément que c'est avec des détails de ce genre qu'on quitte l'enfance. Elle s'assombrit. L'âme modela le physique à son tempérament et la ravissante petite Sonia devint une farouche et silencieuse adolescente.

C'est à cette époque qu'elle prit son père en grippe. L'homme, bien que robuste et bon, s'affola de la sauvagerie soudaine de sa fille aînée — il faut aussi avouer que la puberté naissante de celle-ci l'avait troublé — et s'enferma dans un silence studieux.

La petite Sonia (elle était encore si jeune) plongea alors dans le monde merveilleux des littératures. Elle grappillait au hasard des livres dans la bibliothèque paternelle et s'abreuvait de romans jusqu'au bovarysme. Ce qui changeait de son enfance, c'est qu'elle n'exhibait plus son beau savoir à personne (sa mère ne remplaça jamais son père en ce domaine, bien qu'elle l'aimât beaucoup), elle le fixait au fond d'elle et, quand elle se trouvait totalement seule, elle tricotait des intrigues dans sa tête avec la laine des romans dévorés.

Un an plus tard, Sonia entra au collège. Sa matière forte fut l'anglais. Une nouvelle langue, c'était encore de nouveaux vocables qui, une fois domestiqués, lui irradiaient l'âme comme une promesse d'évasion. Ainsi, de même qu'elle s'était entichée des jouets du français, l'enfant engloutit les mots étrangers avec une frénésie boulimique.

Pourtant cette période de sa vie n'était pas bénie des dieux. En même temps qu'il lui donnait un nouveau verbe — et donc un nouveau continent — à découvrir, le destin bascula Sonia Rossinante dans la goinfrerie. Une goinfrerie sans appel, abêtissante comme une série américaine, et qui une fois contentée, la culpabilisait comme une criminelle. Alors, pour assagir sa douleur, elle prenait un livre.

La littérature anglaise l'attira très tôt et bien qu'elle ne maitrisât qu'une centaine de mots, Sonia s'évertua à lire « dans le texte ». Elle ouvrait le livre à la première page et, avec un courage de pionnier, partait déchiffrer, voire inventer du sens, du beau et du tragique dans ce qui existait (ou pas) sur les pages imprimées. Avant de pouvoir les lire en entier, elle « imagina » les rebondissements de *Frankenstein, Sense and Sensibility, Dr Jekyll and Mr Hyde*, et le prodigieux *Hamlet*.

À quinze ans, elle tomba amoureuse d'une fille de sa classe qui lui faisait penser à Ophélie, à cause de ses longues anglaises et de son teint pâle. Elle voulut être un Hamlet à la hauteur, coupa ses cheveux « à la garçonne », s'habilla de noir, joua les cyniques avec des formules apprises qu'elle croyait éternelles. Ce fut un échec ; la jeune fille, qui s'appelait Camille, ne la remarqua pas. « Elle feint », pensa Sonia.

Ce fiasco la dégoûta autant d'Hamlet que du sexe faible. Elle changea. Voulut donner d'elle un reflet insolent, traîna avec des garçons de sa classe (ou de la classe supérieure, ce qui ressemblait à une promotion), tous des « fils à papa » qui avaient en commun avec elle d'abreuver leurs ambitions énormes dans les cafés. Son parler devint traînant, désabusé, elle troqua la boulimie contre les cigarettes, ce qui est plus civil, se mit à rire dès qu'on lui parlait sérieusement (reste de cynisme dû à Shakespeare), à parler le plus souvent par citations littéraires, etc., bref, elle devint imbuvable. Mais si seulement une personne sensible à la poésie — et donc qui ne juge pas au premier coup d'œil — avait su lire dans l'iris de Sonia, il aurait sûrement décrypté la bonté mal cachée de la jeune fille, car qui sait lire les vers est habìté d'indulgence.

À l'âge où Rimbaud écrivait ses derniers poèmes, Sonia composa les préceptes qui devaient lui servir de parcours fléché pour l'avenir. Règle n° 1 : « Je hais le pragmatisme petit-bourgeois de ma famille et ferai tout pour m'en affranchir. » Règle n° 2 : « Je suis plus lettrée et plus artiste que toutes les filles de ma génération, ce qui implique que je mérite un plus grand destin que le leur. » Règle n° 3 : « L'homme qui partira avec mon pucelage devra être un génie (ou ne pas être). »

Elle refoula les flirts faciles, tout en prétendant les collectionner en surnombre ; et c'est dans cet état de grande détresse ouatée de mensonges que Sonia se livra, par la plume, à un écrivain connu.

de Marc Schwerin à Mustapha

Paris, le 12/2/97

Mon cher Mus,

Et dire que moi, Marc Schwerin, trente-six ans, je suis la proie d'une chercheuse de mari érotomane ! Si j'avais su où je mettais les pieds, j'aurais détalé comme un lapin ; au lieu de ça j'ai pensé que les femmes comme Sonia Rossinante n'existaient plus depuis des siècles, qu'elles restaient prisonnières des limites du roman, maintenues par les pages telle une baudruche dans une main d'enfant. Cette pensée me rassurait mais voilà maintenant que ce qui est inconcevable existe.

Sonia dépasse en culot, en imagination, en assurance physique et intellectuelle toutes les filles, jeunes filles, femmes et vieilles dames que j'ai rencontrées dans ma vie (et tu sais que je n'ai jamais vécu comme un ermite). Elle s'est entichée de moi comme le parasite s'attache à la bête, et plus je me débats, plus elle resserre son emprise. J'ai beau lui aboyer que j'aime quelqu'un d'autre, trois jours plus tard je reçois d'elle une lettre où elle me dit « moi aussi je vous aime ». Si j'étais plus jeune, j'aurais des envies de meurtre.

D'aucuns diraient : « Mais enfin, pourquoi continuer de lui répondre ? » À ceux-là, j'avouerai que j'ai essayé, en vain, puisqu'il me semblait que dans le silence son amour grandissait, de même que la retraite encourage l'armée ennemie ; et puis, j'ai péché par incrédulité car jamais je n'aurais pensé qu'elle était « comme ça ». Mon œil voulait palper l'ixode alors que depuis longtemps ma peau tremblait de la présence gluante du parasite. Cela fait peu de temps que ma conscience a perçu la tique.

Sais-tu qu'elle enrage contre son père dans toutes ses lettres ? Oui, j'ai dû te le dire... Elle fait de lui le portrait d'un autocrate grossier, ce qui m'incline à penser que l'homme est juste et simple, un chouette type, sûrement. Avec lui, comme avec moi, elle joue les midinettes à principes : « Il faut faire ceci ; la normalité, c'est nul ; on n'a pas besoin de savoir que... » et autres formules dogmatiques pour apprenti critique ou adolescente attardée. J'ai bien peur qu'elle ne cherche à remplacer métaphoriquement son père par ton bon ami et qu'elle ne me lâchera que lorsqu'une nouvelle figure paternelle aura atterri dans sa vie.

Tota mulier in utero ; n'oublions pas qu'elle veut exister !

Ta calligraphie représentant la danse est un chef-d'œuvre.

---------- ---------- --------- ---------
------ ------------ ------ ------ -------
---------- ---------- ----- ----------

Je t'embrasse,

Marc

P.-S. : Le pauvre homme qui avait déjà des raisons de s'affliger de sa fille n'a pas fini de se ronger les sangs. Sonia lui a fait croire à un projet de mariage avec devine qui. J'ai bien peur que la malheureuse n'attende longtemps ces noces (une bouffée d'oxygène pour lui, d'oxyde pour moi).

de Mustapha à Marc Schwerin

Paris, le 14/2/97

Marc,

J'ai bien enregistré ta panique ; même si je la crois exagérée, je t'annonce qu'au nom de notre amitié, je suis prêt à t'aider. « L'amitié de deux frères est plus solide qu'un rempart », médite bien ça et pense que ce bélier de Rossinante ne fera pas une seule éraflure à la belle forteresse que nous construirons.

Me voilà quitte des belles métaphores que tu aimes. Je vais parler maintenant vulgairement. D'abord, des questions :

1. Penses-tu que j'ai mes chances ?

2. Si je prends Sonia sous mon aile, seras-tu pour autant débarrassé (après tout, elle a tellement perdu de temps qu'elle n'aura peut-être pas peur de deux amants) ?

Si la réponse est « oui » aux deux premières questions :

3. Es-tu sûr que tu ne la regretteras pas ?

Pour tout te dire, Sonia m'attire assez, alors s'il se passe quelque chose, je ne me serai pas forcé (ça va te rassurer) ; mais voilà, je ne serai jamais amoureux d'elle puisque, comme tu sais, j'aime toujours Soraya même si elle est loin.

Voilà. Je n'écris pas trop. Je n'ai pas de talent dans ce domaine.

Baisers,

Mus

Mon admiration pour Mus s'est accrue le jour (il y a bien longtemps) où je lui ai découvert une discrétion qui le desservait dans les mondanités. Ce don d'attention, ce respect des hôtes, je ne les ai rencontrés que littérairement, car il faut avoir été sensible au culte de l'effacement d'un esthète tel que Swann pour apprécier Mustapha.

Mon calligraphe a l'œil expert. Si je le place devant quelqu'un qu'il ne connaît pas, il me dira plus tard, en privé, vers quelles courbures son caractère aspire, quelle est la couleur des élans qui l'agitent, leur signification ésotérique, etc. L'inconnu qui, pour moi, est une page blanche au premier abord sera pour lui un feu d'artifice cognitif. Et, parce que (comme nos arts respectifs) nous sommes liés autant que le sont deux extrémités, Mus et moi formons les deux plateaux d'une même balance : toujours en contact l'un avec l'autre dans un dualisme qui nous soutient et nous équilibre. Alors si Mus pense qu'il peut m'aider à me débarrasser de Sonia Rossinante, et si je pense qu'il en est parfaitement capable, c'est que notre pendule s'est arrêté sur ce choix.

J'ai donné les coordonnées de Sonia à Mus, pacifié la conscience et la confiance de ce dernier ; maintenant, le sort en est jeté et mon frère marocain entrera bientôt en contact avec la rose empoisonnée.

« Je lui dirai que je dois lui parler de toi », explique Mus. J'approuve son idée. Sonia a tellement besoin de se confier et de connaître mon intimité qu'elle ne refusera pas l'invitation. Je n'ai plus qu'à attendre.

de Mustapha à Marc Schwerin

Paris, le 18/2/97

Marc,

Tu m'avais demandé de t'écrire pour te donner plus de détails à propos de notre affaire. Tout s'est passé comme prévu. Mais il vaut mieux que je te raconte les faits chronologiquement.

Hier, j'appelle Sonia, je me présente, elle me dit :

— Tiens, Mus ! Comment va Marc ?

— Très bien, il est occupé en ce moment, dis-je. Tu voudrais qu'on parle, enfin... ailleurs qu'au téléphone ?

— Il est occupé à quoi ?

(Elle a parlé fort en demandant.)

— Tu sais, Marc, il a une vie très chargée, son travail et le reste, ça remplit bien ses journées.

Là, elle est restée silencieuse. Elle devait imaginer « le reste »...

J'ai redemandé :

— Tu veux venir dans mon atelier ?

Elle s'est réveillée :

— Quoi ? Tu as un atelier ? Je croyais que tu étais peintre en bâtiment.

— Je fais ça aussi pour gagner de l'argent, mais ma passion, c'est la calligraphie.

— Ah oui ? a-t-elle répondu par politesse.

— Au moins sur le papier, j'aborde les thèmes qui me sont chers.

— Quel thème, par exemple ?

— Mon dernier travail a pour sujet le début du prochain roman de Marc.

— Quoi ? Mais c'est génial ! Je viens voir ça de suite ! Quel est le titre du roman ?

— *L'Hidalgo de la prise.*

— Tout à fait schwerinien !

Je trouve qu'elle parle comme une galeriste, à cause de ses adjectifs à rallonge et de son ton parisien.

Alors, elle est venue. Elle m'a souri plus humainement que l'autre fois. Elle a regardé les calligraphies accrochées au mur. Elle fumait clope sur clope et j'ai remarqué que sans rouge à lèvres, sa bouche est aussi blême que son visage, ça m'a un peu déçu. Elle a dit qu'elle aimait ce qu'elle voyait mais qu'elle regrettait certains choix de fonds colorés. Elle doit s'y connaître. Ensuite, elle m'a demandé si elle pouvait voir *L'Hidalgo.* Je lui ai montré une ébauche de travail (la traduction arabe de la phrase de Stendhal : « La beauté n'est que la promesse du bonheur ») et, comme elle ne parle ni n'écrit la langue du Prophète, le mensonge est passé comme une lettre à la poste. S'extasiant devant la « première phrase » de ton « prochain roman », elle a dit :

— *L'Hidalgo de la prise,* c'est forcément une nouvelle version de *Don Quichotte.* Tiens, on dirait qu'il y a mon nom de famille, là... « Rossinante », c'est écrit dans le coin.

— Désolé, Marc ne veut pas que je prononce la phrase avant la sortie du bouquin. Il refuse n déflore l'intrigue.

c'est évident ! Je suis l'héroïne du

e Marc !

(si ça lui fait plaisir), mais

de Sonia Rossinante à Marc Schwerin

Paris, le 18/2/97

Marc,

C'est dans la fièvre que je vous écris aujour-d'hui. Ces derniers temps, une révolution t
nique a chamboulé mes plaques de
« Et je ne savais pas que j'eus
disait Bélise dans *Les F*

mariage !). Un de ces collectionneurs de filles sans conscience ! Ensuite, il m'a réconfortée... Un homme en or.

Toutes ces duperies me font encore mal, mon Marc, mais il faudra bien que je m'y fasse. Mon père n'a-t-il pas caché une maîtresse à ma mère pendant des années ? La femme subit toujours plus que l'homme. C'est une loi éternelle.

Si au moins nous vivions ensemble une passade, je me dirais que je n'ai pas souffert pour rien. Toute cette attente, tous ces espoirs gaspillés ! J'espère que tout ça n'aura pas servi à rien.

Mus est un gars génial car il m'a montré ses calligraphies (je ne savais pas qu'il était artiste !) et particulièrement sa dernière en date... J'aime le clin d'œil que vous me faites dans votre dernier roman — et cela confirme ce que je disais dans le premier paragraphe de cette lettre : ouvrez les yeux, Marc, nous SOMMES fous l'un de l'autre —, et je suis certaine que *L'Hidalgo de la prise* sera un chef-d'œuvre doublé d'un best-seller.

Pour finir, je vous en prie encore une fois, pensez à ce que je suis pour vous, ce que vous êtes pour moi et même si vous avez pris de graves décisions pour votre avenir, qu'au moins elles ne tuent pas vos rêves accumulés depuis tant de temps.

Votre (malgré tout) Sonia

de Marc Schwerin à Mustapha

Paris, le 23/2/97

Cher Mus,

C'est vraiment m'enlever une épine du pied que de t'occuper de notre grande adolescente car, comme tu le sais, je n'ai aucune patience avec les enfants. Je ne te remercierai jamais assez pour ça.

Sonia n'a pas attendu deux jours pour me dire tout le bien qu'elle pense de toi. Elle a la tête pleine d'éloges extatiques : elle te compare à la lumière, t'assimile à de l'or et, pour finir, elle se pâme pour tes talents d'artiste (« génial » dit-elle). Ça ne m'étonne pas. Je connaissais ton charme, j'ai su l'intelligence de ton approche grâce à ta lettre, et je trouve que notre affaire a déjà un avant-goût de triomphe. Je t'ai beaucoup admiré pour cette histoire de double création au nom énigmatique — à ce propos, *L'Hidalgo de la prise* est un titre alléchant et si tu n'y vois pas d'inconvénient, j'aimerais qu'un de mes petits prochains porte ce beau patronyme, histoire que la réalité rattrape la fiction... Sonia qui n'admire que les artistes ne pouvait pas résister à un si bel appât. Elle aura trouvé en toi le maître de l'improvisation qu'elle attendait.

Sa dernière lettre est encore un hymne à son égocentrisme et un retour à la charge contre ma prétendue mauvaise foi — et pour la énième fois je lis des « Ouvrez les yeux, nous sommes fous l'un de l'autre » ! — mais il est clair que, pour la première fois, le vent a tourné et que la petite barque bordelaise commence à faire doucement route vers Mustapha. Grand bien lui fasse !

Maintenant, il faut que je te raconte à quelle visite j'ai eu droit hier vers neuf heures. Pas bien difficile : Odette ! Elle m'en voulait de ne pas avoir répondu à sa lettre avec l'urgence qu'elle méritait. Je lui ai répondu que justement j'étais en train de lui écrire (vrai) et qu'elle avait eu raison de passer (faux). Avant que j'aie le temps de dire autre chose elle était entrée chez moi, ce qui m'a hérissé car j'ai horreur qu'on me surprenne dans mon intimité. D'habitude, j'arrange toujours un peu l'appartement quand j'espère des visiteurs, je planque certaines photos dans des tiroirs, je ne laisse traîner aucune feuille de manuscrit ou autre, je cache mes slips sales, j'astique ma salle de bains... enfin bref, je dissimule grosso modo le côté garçonnière de l'endroit.

Imagine : Odette se faufile jusque dans mon salon et se fige devant une photo de Camille. Elle reste bouche bée — ce qui, chez elle, témoigne d'un bouleversement exceptionnel puisque ce genre de phénomène est aussi rare que la culture des tulipes au Soudan ; au bout d'une bonne minute, elle demande :

— Je voulais avoir des explications sur ton silence.

— J'avais compris, marmonné-je, agacé.

Tout en parlant, elle ne quitte pas des yeux la photo de l'être adorable.

— Écoute, Odette, je suis parti en province pour la promo de mon bouquin... (Je couche l'instantané sous un tas de feuilles.)

— Une carte postale, c'est pas beaucoup demander, dit-elle en s'agitant pendant que sa main glisse dans son sac et attrape une cigarette.

— Ce que j'aimais dans notre amitié, c'était la confiance et le sentiment de liberté qu'elle m'inspirait.

— Tu parles comme si c'était du passé.

— Si tu ne me reprochais pas sans arrêt mon comportement, peut-être parlerais-je encore au présent.

— Mais enfin, Marc, semble-t-elle supplier, soudainement plus douce, je ne te fais pas de reproches, je m'inquiète pour toi. Quand mes amis arrêtent de téléphoner ou d'écrire, je soupçonne toujours un malheur...

— C'est faux, parce que avant de me demander comment je vais, tu me jettes des attaques à la tête.

— Mais tu es fou ! Je ne t'ai jamais attaqué !

Je ne réponds pas car sa mauvaise foi est trop politicienne et systématique. Elle comprend qu'elle est sur une pente dangereuse, alors elle vire de bord :

— À part ça, tu as des nouvelles de Sonia ?

— Un peu, ça a l'air d'aller.

— J'imagine qu'elle souffre le martyre depuis notre rupture... enfin, quand ça ne marche pas ! Si les femmes ont gagné le droit de dire non en 68, ce n'est pas pour faire semblant d'être heureuses sous prétexte que l'autre est une fille. Qu'est-ce que tu en penses ?

— ... ?

— C'était qui la fille ?

Son œil s'anime anormalement.

— Quelle fille ?

— Sur la photo... Je suis sûre de l'avoir vue quelque part !

— Possible, elle était dans la même classe que Sonia au lycée ; tu auras vu une photo de groupe. Elle s'appelle Camille.

Je vois bien que l'information n'est pas assez solide pour ses crocs, qu'elle aimerait fouiner dans mes affaires pour trouver son scoop d'admiratrice. Normal : Odette est une mondaine, ce qui la pousse à s'attacher aux personnes qui ont ou prétendent avoir quelque chose à cacher dans l'unique espoir de faire partie un jour d'une élite d'initiés. Je change de sujet mais sa réponse confirme ce que j'étais en train de penser :

— Et ton boulot ?

— Ça va. Demain, j'ai un rendez-vous avec le

premier secrétaire du PS pour discuter d'un projet de spot télé pour leur prochaine campagne.

Elle a fait attention à ne pas en dire trop, ce qui, ajouté à son ton de légèreté appuyé, sous-entend que tout ça, c'est son pain quotidien. Et une snobinette de plus !

Ô raffinement de l'esprit au service de la réputation. Vulgarité grandiose se logeant au détour d'une litote. Révéler plus en parlant moins. Ô pudeur d'une élite sociale.

Le message télépathique d'Odette est clair : « Oh, moi tu sais, des personnalités j'en connais à la pelle ! Tiens par exemple, Bidule (premier secrémachin de Truc), la première fois qu'il m'a rencontrée, il m'a trouvée brillante mais c'est pas l'essentiel, en fait, entre nous, ça a tout de suite été le coup de foudre “ relationnel ”, on est vraiment intimes. Enfin, je te dis ça comme ça... Je ne dévoilerai jamais les secrets de qui s'est confié à moi, enfin, pas tout en tout cas. Tu comprends que là je ne peux pas en dire plus ?... »

Malheureusement pour son excitation de papier glacé, je ne m'érige pas en mangeur de potins. Je suis simplement content qu'elle ait relaxé Camille.

Mon cher Mus, tu ne m'enlèveras pas de la tête que ce qu'Odette admire le plus en moi, c'est mon nom dans le journal. Cette idée que j'ai sentie germer depuis peu me fait l'effet d'avoir voyagé depuis belle lurette dans mon inconscient, alluvions d'un fleuve qui glissent et dansent sous la force du remous et débouchent dans la mer de mes pensées.

Je compte bien te prouver ce que j'avance, une prochaine fois.

Je t'embrasse,

Marc

de Marc Schwerin à Odette Heimer

Paris, le 21/2/97

Odette,

Pendant des années, nous avons correspondu, nos liens se sont resserrés, une amitié exceptionnelle est née ; et puis cet incident, le 15 janvier, a tout chamboulé. Tu voulais des explications, je reconnais combien mon incompétence à te parler était misérable, je suis comme tous les hommes : je n'accouche pas, je ne sais dire la vérité qu'en la projetant sur le papier. Alors voilà, aujourd'hui est un grand jour puisque j'ai décidé de t'expliquer mon silence.

Ce n'est pas parce que tu m'aurais blessé, ni pour ne plus entendre parler de Sonia que je me suis tu mais parce que j'avais honte. Je sais que tu me considères comme quelqu'un de grand, de talentueux, de « génial » même, mais ton respect pour moi est malheureusement bâti sur du sable, car depuis toujours, Odette, tu vois Marc Schwerin dans une glace grossissante. Comme beaucoup de jeunes filles tu auras été attirée par l'esprit ou les bruits de foire que sont mes bouquins mais ta jeunesse — ton idéalisme ! — n'aura pu déceler les trucages de ma réussite. Car ma réussite EST truquée. Je ne suis qu'un forain parmi d'autres, un imposteur de plus qui utilise ceux qu'on appelle couramment nègres dans le jargon littéraire.

Voilà, tout est dit, j'aurais voulu être à l'image de ton admiration mais je me dis qu'un jour tu aurais découvert ces sournoiseries et ma honte n'en aurait été que plus intenable encore, à compter que cela puisse être possible.

Et si maintenant tu décidais de m'oublier, je ne pourrais pas t'en vouloir car on a vite fait de tirer un trait sur quelqu'un qui n'a jamais existé.

Avec tous mes regrets, et mon amitié désolée,

Marc

de Sonia Rossinante à Marc Schwerin

Paris, le 28/3/97

Mais enfin, Marc,

Vous ne répondez plus ? Qu'importe ! L'essentiel est que vous me lisiez, et si j'en crois Mus et mon intuition, vous êtes trop curieux pour jeter mes lettres sans les lire.

J'ai longuement réfléchi à votre bouderie et, franchement, je ne vois pas en quoi mon amour, mon admiration et ma tendresse vous feraient fuir. Peut-être êtes-vous un de ces pervers masochistes qui préfèrent les froides indifférentes, les cruelles coureuses ou je ne sais quoi. Certaines rumeurs prétendent que oui mais je refuse d'en prendre note, je vous estime bien trop pour ça. Savez-vous que beaucoup d'hommes aiment qu'on leur résiste ? C'est incompréhensible et malsain, pourtant la littérature du XVIIIe siècle ne parle quasiment que de ça : les héros s'enflamment pour de modestes religieuses qui brandissent une croix à la moindre avance, ce qui a pour conséquence de rendre l'homme encore plus fou d'amour. On ne peut pas nier l'esthétisme de ce genre de scènes en déplorant qu'aujourd'hui les couvents ne gardent intactes que des vieilles vierges et que les saintes-nitouches de notre époque ne soient que de vulgaires allumeuses déguisées pour remplir de brillantes missions comme trouver un mari riche. C'est exactement le cas de Marise (la nouvelle femme de mon père).

À ce propos, je suis descendue à Bordeaux la semaine dernière pour accomplir quelques devoirs familiaux : rendre visite à ma sœur, embrasser ma mère et... dîner avec mon père ET sa dernière trouvaille féminine. Mon Dieu, Marc, comme elle est commune ! J'aurais du mal à trouver quelque chose qui me plaît chez elle, son silence, peut-être, et encore !

Ce soir-là, Madame a insisté pour aller dîner dans un restaurant allemand car « la bouffe est bonne et simple et les serveurs sympas ». Mon père a obéi sans rechigner, comme Hercule devant Omphale, et nous voici dans ce boui-boui infâme qui pue le graillon. Imaginez, Marc, que les serveurs portent des culottes de peau ! C'est d'un risible ! Le temps que les plats arrivent, Marise tente de me séduire avec des sourires forcés et me pose des questions d'une idiotie achevée. Et la voilà en train de me raconter les épisodes de *La Grande Vadrouille* et de rire comme une vieille pie. Je lui ai dit que ce film était surfait et vulgaire mais Madame n'a pas compris mon propos. Peut-être n'a-t-elle pas assez de vocabulaire pour saisir le sens de mes phrases...

Oh, Marc, le pompon ! Quand les plats arrivent (n'imaginez pas une assiette de cailles rôties !), elle et mon père se ruent sur la moutarde allemande, vous savez, cette imitation fade et colorée de notre « Dijon », et trempent généreusement leur saucisse dans cette bouillie immonde comme les peintres en bâtiment plongent leur pinceau dans la peinture épaisse.

Je pousse des cris d'horreur et m'exclame :

— Comment pouvez-vous aimer ce goût de plâtre ? En France, nous avons la meilleure tradition culinaire et vous vous goinfrez de cette pâte à bunker de Boches !

Mon père, qui prend toujours parti pour cette chère Marise quoi qu'elle dise ou pense, me lance, le visage rouge comme s'il s'était rajouté en secret du Tabasco :

— Tu n'es pas obligée d'insulter ce que tu n'aimes pas. Tu n'as pas les mêmes goûts que nous ? Tant mieux : ça enrichit la famille !

Je n'ai rien dit mais j'ai pensé très fort que s'il y avait quelque chose d'insultant pour le goût commun, c'était bien ce dîner. Oh, comme les injures sont diffuses et variées chez les beaufs germanophiles !

Je ne peux m'empêcher d'espérer toujours une lettre de vous.

À vous,

Sonia

P.-S. : Je vous ai tellement dans la peau que j'en ai des hallucinations. À Bordeaux, j'ai cru vous voir dans la rue, c'était votre silhouette, le manteau que vous portez, votre démarche lente, vous étiez si BEAU ! C'était près de la prison. Malheureusement quelqu'une vous accompagnait ; heureusement, ce n'était qu'un rêve.

de Marc Schwerin à Sonia Rossinante

Paris, le 2/4/97

Sonia,

Disons les choses franchement : la lettre qui m'est arrivée il y a deux jours m'a offusqué tant par sa bêtise que par sa méchanceté.

Tout d'abord, je constate avec peine que vous ne résistez pas à la manie de généraliser (comme les médias que vous critiquez à d'autres moments). J'ai conscience que mes mots vont vous heurter, mais enfin, Sonia, avez-vous réfléchi avant de m'écrire ? À qui vous en prenez-vous ?

De mon côté, j'ai bien l'impression que votre haine pour votre belle-mère vous fait détester tous les membres du sexe féminin. On dirait aussi — mais je ne peux pas y croire totalement — que vous avez l'intention de me dégoûter du beau sexe. Si c'est votre idée, laissez-moi vous dire que vous avez du travail et que l'ami que j'ai été pour vous vous conseillerait plutôt de calmer vos lubies délirantes. Écoutez-moi bien : NON vous ne trouverez pas de preuves — dans mes lettres ou dans autre chose — qui laisseraient penser qu'il y a de l'amour entre nous, NON mes silences ne sont pas calculés pour vous rendre encore plus amoureuse, comme vous semblez le soupçonner : c'est avant tout dans votre intérêt psychique et physique que je vous demande de méditer ce qui vient d'être écrit.

Mais ce pour quoi je suis vraiment en colère trouve sa source dans tout autre chose, je veux bien sûr parler du deuxième paragraphe de votre missive.

Sonia, à force de chercher de grandes causes de révolte, votre mauvais goût — comme celui qui consiste à ne pas aimer la moutarde allemande, mais si ce n'était que ça..., qui aurait dû rester discret et s'incliner devant le plaisir que d'autres peuvent y trouver — frappe par ricochet une multitude de personnes inoffensives (votre père, votre belle-mère, moi-même, etc.) et admirables (parmi les « Boches » dont vous parlez figurent des êtres vulgaires comme Goethe, Nietzsche, Schiller...).

Je vous rappelle, par ailleurs, que votre manque de tact « révolutionnaire » — bien que grisant comme le Tabasco — vous aveugle de rage puisque vous trouvez le moyen d'envoyer une lettre aux trois quarts germanophobe à un type qui s'appelle Schwerin. Bravo pour votre exploit ! À l'avenir, je vous conseillerais de redonner du service à ce que vous nommez votre intuition pour avoir une vague idée de l'étymologie de ce nom barbare.

Je souhaite du fond du cœur que cette lettre vous enrichisse davantage et qu'elle ne vous vexera pas longtemps car si vous retrouvez la gentillesse et le charme de vos premiers envois, il se pourrait bien que notre correspondance ne finisse pas.

Salutations,

Marc

P.-S. : La moutarde allemande est bien meilleure que la moutarde de Dijon !

Cela fait plusieurs semaines que ni Odette ni Sonia ne m'ont écrit. Je flotte entre béatitude et allégresse quand Mus téléphone. Sonia, désespérée par « une brutalité qu'elle ne connaissait pas » (elle parle de moi), s'est livrée à lui, hier soir, avec la rage et les pleurs d'une vengeresse vaincue. Mus n'a pas trouvé le coup fameux mais il a la fibre humanitaire.

— Elle ne te comprend pas, me dit Mus.

— Tant pis, moi non plus je ne la comprends pas.

— Apparemment elle a été couverte d'injures dans ta lettre, enfin, c'est ce qu'elle a dit. Évidemment, je n'en crois pas un mot.

— Tu doutes quand même, à ce que je vois... Écoute, Mus, j'ai peut-être été un peu vif mais aucune insulte, promis !

Je trouve qu'il s'attache plus à elle qu'il ne l'avoue. Soyons vigilant, pour lui, surtout pour lui, et moi.

— Oh, fait-il en soupirant, je lui apporte plus

qu'elle ne m'apporte, je m'en rends compte... Elle me parle déjà sans arrêt des mêmes choses !

— Ainsi font les filles sans mystère.

Pauvre Mus. J'espère ne pas l'avoir envoyé aux galères.

— Tu n'as pas de nouvelles d'Odette ?

— Non, j'ai inventé une histoire qui me dessert et qui l'aura déçue. Je lui ai dit qu'une armée de nègres écrivaient pour moi. Elle aura tout gobé.

— Pas mal ! Au moins tu connais la vraie valeur de son amitié maintenant.

— Mmm... Faut encore attendre que le sérum de vérité agisse. Elle n'a pas dit son dernier mot, crois-moi.

Quand je raccroche, je pense à Camille, l'éternité de notre rencontre qui n'en finit pas de passer devant mes yeux.

Seize années se tiennent derrière la table qu'on a dressée avec des tréteaux dans une librairie de quartier. Des yeux trop grands pour ce petit visage et ce corps malingre.

— Je suis Camille Hennin. Je vous ai écrit des lettres.

Camille Hennin. Camille Hennin. Je réfléchis. Non, je ne connais qu'une Camille épistolaire et le style est trop tortueux pour gicler d'une demi-pomme à peine pubère. Impossible. Air désolé.

— Ah, fait-elle en rapetissant, me semble-t-il.

Elle ressemble à un moineau. Tant de vie bondissant à l'intérieur de si peu d'espace et cet air d'être sans cesse sur ses gardes, voilà une belle manifestation d'hypersensibilité, comme je les aime. Un regard trop sévère la décompose. Elle me plaît.

d'Odette Heimer à Marc Schwerin

La Ferté-Alais, le 6/6/97

Marc,

Quand j'ai reçu ta lettre du 25 février, je me suis dit : « Soit il se fout de ma gueule depuis le début, soit il essaie de me lancer sur de mauvais rails pour me détourner de quelque chose d'important. » Qu'ai-je fait, alors ?

Dans un premier temps, j'ai relu tes dix bouquins, et plus particulièrement *L'Horreur boréale* qui est en grande partie autobiographique. J'ai passé quelques coups de fil de ce côté-ci du Rhin, et de l'autre (côté) où tu as passé ton enfance et tes vacances d'avant ta publication. Simple curiosité qui m'a appris que tu rédigeais les lettres d'amour de ton grand ado de frère — pas mal torchées, par ailleurs. Mon petit cerveau a secoué tout ça, arrangé, construit, analysé, critiqué et finalement, ma conclusion est que tu m'as menti.

Enfin, tu m'aurais menti sur le sujet des nègres, j'entends.

Mais alors, demanderait un enfant de neuf ans, pourquoi ce mensonge ? La vraie problématique (comme on dit dans mon métier) serait en fait : pourquoi ment-il à ce moment précis ? Eh bien, j'ai mon idée. C'est une histoire de fille. Ce que les hommes sont prévisibles !

Récapitulons : mon grand ami me raconte des bobards pour éviter que je ne m'interroge sur sa vie sexuelle. Mais enfin, Marc, pourquoi me cacher quelque chose que je suis capable de comprendre et d'accepter ? J'ai pensé :

(1), soit il a honte : peut-être qu'il couche avec une moche ou une vieille, ou les deux ? Réponse : impossible de sa part.

(2), soit il a peur : serait-ce la femme d'un ministre ? Une mineure ? J'hésitais jusqu'à hier, puis je me suis souvenue. Je me suis souvenue d'une photo que tu as pris soin de cacher (trop tard) quand j'étais chez toi. Camille, je crois qu'elle s'appelait.

Alors là, je me dis : pourquoi a-t-il peur de m'avouer qu'il est sorti avec une copine de classe de Sonia ?

J'ai l'impression de dominer le problème sans pouvoir trouver le fin mot de cette histoire. C'est tellement excitant.

Faut-il que je continue de chercher ? J'adore les romans policiers.

La balle est dans ton camp, monsieur l'écrivailleur.

Odette

de Mustapha à Marc Schwerin

Paris, le 2/7/97

Marc,

Quand tu m'as demandé de te débarrasser de Sonia, je me suis dit « il a ses raisons », j'ai agi en ami et je l'ai fréquentée (sans me forcer pourtant) ; quand tu as sous-entendu qu'il lui faudrait un mec, je me suis comporté comme un frère et j'ai donné du mien, pour faire aumône, comme dit Muhammad. Seulement, maintenant, Marc, si je continue à faire semblant d'aimer une révoltée des beaux quartiers qui jacasse sans arrêt parce qu'elle aurait « trop souffert », j'endosse à la fois les vertus d'un saint — parce que ma patience est surhumaine — et les tares d'un pervers — parce que ton idée n'est pas très morale, Marco. Alors voilà, je t'écris aujourd'hui parce que j'ai décidé d'arrêter de jouer mon âme dans cette partie pas très fine.

Il faut dire que tout est devenu pénible et trop fatigant. À peine sortions-nous ensemble, Sonia et moi, qu'elle me posait déjà mille questions sur le sujet Schwerin : « Pourquoi Marc ne m'appelle-t-il pas pour s'excuser ? Pourquoi est-il si agressif avec moi ? », etc. Je ne réponds pas, bien sûr, mais son obsession est plus éreintante qu'une traversée à pied du Sahara. Surtout qu'en ce moment, son nouveau sujet d'engueulade c'est la moutarde ! Va savoir pourquoi cette fille me prend la tête à m'expliquer en quoi la moutarde forte est meilleure que son « imitation » étrangère. Des conneries en cascade, cette nana !

Bon, tu vois, je suis fatigué, j'espère que tu ne m'en veux pas. En fait, j'aurais aimé consacrer plus de temps à mes calligraphies mais avec Sonia qui débarque à l'improviste chez moi, c'est devenu impossible. Quand je pense qu'il m'est arrivé de plaindre les célibataires !

Je t'embrasse,

Mus

P.-S. : Je rejoins Soraya à Marrakech la semaine prochaine. Je l'embrasserai pour toi.

Je ne t'ai même pas raconté la soirée mondaine que j'ai passée avec Sonia. Imagine : elle a invité une dizaine d'étudiants qui ont tous en commun de décliner leurs diplômes en début de discussion comme on montre sa carte d'identité aux flics. Je n'avais jamais vu ça ! J'ai préféré ne pas ouvrir du tout la bouche de toute la nuit parce que, vraiment, les conversations ne valaient pas un rot de chameau. La soirée s'est éternisée sur des débats du style : « le cinéma moldave, mythe ou réalité ? », « l'être et le non-être » et puis cette question philosophique inévitable : « l'intellectualité de l'écrivain ne nuit-elle pas à l'art ? » (Tu ne seras pas surpris d'apprendre que Sonia se prend pour ton porte-parole et pépie partout que vous êtes cul et chemise.)

Pour finir, j'ai eu droit à une flopée de reproches parce que j'avais dit que j'aimais le foot. Tout en omettant de dire que j'ai été joueur semi-professionnel. C'est alors que Sonia m'a demandé si tu aimais aussi ce sport de « beaufs en short », j'ai souri, l'air de dire « évidemment ». Qu'elle était décontenancée notre Sonia ! « J'aurais jamais cru », a-t-elle dit en remuant la tête. Je suis sûr que tu ne te remettras jamais d'avoir déçu une fille si raffinée.

Comment se débarrasser d'un cadavre qui n'arrête pas de s'allonger, se demandent les personnages d'*Amédée* d'Eugène Ionesco. Le problème grandit, sort des cloisons d'une unique conscience, fuit par la fenêtre, quadrille la ville comme une nuée de rats au plus fort de la peste. Ainsi fait Sonia pour précisément « étendre » son existence autour de moi, comme si, voulant se diluer en se mélangeant avec Mus, elle finirait bien par me rattraper un jour — de même la marée montante détruit les châteaux de sable. Mais je ne suis pas encore détruit et redemande à Mus des anecdotes où Mlle Rossinante n'oublie jamais d'être poilante. Peut-être joué-je avec le feu, enfin, l'eau plutôt, mais je ne peux pas m'en empêcher : ses révoltes me rendent chatouilleux (elles m'excitent et m'horripilent), et j'en veux toujours plus.

Je me souviens de son aplomb quand, alors que je ne la connaissais que depuis peu et qu'elle n'avait encore aucun défaut, elle m'avait dit : « Il faut sortir d'une lecture didactique de la Bible ! On n'est plus au Moyen Âge ! Il faut planter une étude psy-cho-lo-gique sur l'Ancien Testament ; on parlera d'inceste, de viol, de meurtre, d'adultère... Les mythes, c'est has been. » Après ça, elle m'avait parlé pendant deux heures du « lyrisme chaotique voire chaotectonique du poète T.S. Eliot ». Pour se faire mousser.

Sonia a ceci de commun avec Odette qu'elle admire follement les discours militants parce qu'elle préfère vibrer dans la discussion plutôt que dans un lit avec Mus. Le tout-psychologisant : c'est son nouveau coup de foudre. Je me dis que je suis de l'école d'avant les Événements, puisque pour moi les mises en abyme que sont les analyses de discours n'ont pas eu d'autre intérêt que d'inspirer à Shakespeare son *Beaucoup de bruit pour rien.* Je me méfie du profil totalitaire de certaines études littéraires qui charcutent à coups de serpe marxiste l'équilibre heureux d'une œuvre réussie. Comment faire l'amour à une femme dont on connaîtrait, intimement, les organes internes comme le foie, l'intestin, la vessie... ? Ma répulsion face à l'anatomie a fait de moi un écrivain, c'est-à-dire un être qui coud, colle, articule, anime, le contraire d'un « découseur » de marionnettes, comme ceux qui veulent expliquer, c'est-à-dire violer la vie organique des personnages.

d'Odette Heimer à Marc Schwerin

La Ferté, le 10/7/97

Marc,

C'est presque par hasard, vendredi dernier, que j'ai rencontré une ancienne de mon école de pub qui habite maintenant Montpellier. Une fille vraiment sympa, qui a su tisser un réseau de connaissances plus qu'estimable dans le métier. Figure-toi que cette fille qui s'appelle Denise a milité pour la dépénalisation du cannabis, ce qui lui a valu quelques mois de taule — parce que être activiste au « 18 joints » comporte quelques risques, comme tu le sais. Cette fille a le cœur sur la main et puis elle est fleur (voire herbe) bleue... Quel rapport avec la choucroute, me demandes-tu ? Oh, trois fois rien, si ce n'est que (les effets du hasard !) Denise aurait rencontré une certaine Camille Hennin en zonzon. Évidemment Denise ne savait pas quel était le lien (étroit) qui existait entre Camille et toi, mais elles ont un peu socialisé... Si ce n'est pas pour une histoire de sang que Camille est au frais, je veux bien me faire bonne sœur !

Oh, tu aurais dû voir la tête de Denise quand j'ai parlé de toi ! Car elle t'adore ! Elle t'aurait même écrit des lettres, dis donc... Enfin, tu lui as peu répondu d'après ce que j'ai compris et ça ne lui a pas fait plaisir (y en a d'autres).

Je sens d'ici tes yeux furieux maudire ces lignes : mais non, rassure-toi Schwerin, je n'ai pas raconté ce qu'il y avait entre Camille et toi ! C'est un « secret » entre nous, n'est-ce pas ? Je mets le mot secret entre guillemets parce que tout le monde sait, de nos jours, combien il peut être payant de fermer sa bouche...

À bon entendeur, salut.

Odette

P.-S. : Comme je ne suis pas quelqu'un de vénal, mais plutôt une fille sensuelle, j'ai pensé qu'un rendez-vous vers dix-sept heures cette semaine serait parfait.

Un ami d'un ami journaliste à *Voirie* m'a affirmé qu'il adorerait connaître un peu plus ta vie intime. Je lui ai fait dire que je n'étais pas comme ça...

de Marc Schwerin à Odette Heimer

Paris, le 17/7/97

Odette,

J'ai bien reçu vos deux lettres fielleuses (remarquez que je vous vouvoie car il me semble que notre familiarité a fondu il y a deux lettres). Sachez que je les ai lues avec autant de consternation que de pitié, et je trouve que leur aigreur revancharde prophétise beaucoup de frustrations pour leur auteur.

Enfin, Odette, soyez sérieuse ! Ne marchandez pas votre corps magnifique contre des pseudo-investigations qui ne vous mèneront nulle part ! Depuis le début vous êtes dans le faux. Cette Camille dont vous me parlez tant fut une passade dans ma vie ; ce qu'elle est devenue, ma foi, ne regarde personne, même plus moi. Si vous saviez le nombre de jeunes filles qui sont passées dans mon lit, vous auriez des ingrédients pour une série policière d'une centaine de numéros. Peut-être même que l'une d'entre elles a fini tueuse en série, pourquoi pas ? Allons, Odette, votre imagination mérite mieux que ça.

Maintenant que j'ai eu la bonté de vous épargner votre précieux temps (car dans la pub, le temps c'est le slogan), je vais prendre congé de vous épistolairement jusqu'au jour où je recevrai enfin quelque chose qui en vaudra la peine.

Avec toute ma condescendance,

Marc

Saint-Laurent-de-Neste (Hautes-Pyrénées),
le 20/7/97

Cher Marc Schwerin,

Je viens de finir de lire *L'Uppercut.* Quel roman ! Je l'ai trouvé vif, enlevé et pour tout dire hilarant.

Le lecteur perçoit quelle nécessité vous fait écrire et on est heureusement surpris par votre verve. Si le philosophe disait que « Sans la musique la vie serait une erreur », il semblerait qu'en ce qui vous concerne l'écriture se substitue parfaitement à la mélodie.

J'avais lu quelques-uns de vos livres, en avais apprécié la liberté de ton et cette espèce de sens des pirouettes qui vous est propre mais j'ai récemment élu ce dernier votre meilleur roman.

J'espère que cette lettre vous fera plaisir et tiendra lieu d'encouragement (si vous en aviez encore besoin) ; je suis très curieuse de lire vos prochains livres.

Je ne vous laisse pas mon adresse car alors vous vous sentiriez peut-être obligé de me répondre. Avec toute mon admiration,

Françoise

Cette lettre justifie à elle seule la publication de mon livre, et me console de cent autres missives insensées.

L'élégance de Françoise, la bonne foi naturelle de son ton me rendent le genre humain moins détestable. Soudain, je me surprends à croire en mon talent ; comment remercier ceux qui vous font du bien ?

Avec ou sans Françoise, j'aurais de toute façon continué à écrire, mais grâce à elle, être lu ne me paraît plus uniquement un mal nécessaire.

d'Odette Heimer à Sonia Rossinante

La Ferté-Alais, le 20/7/97

Sonia,

J'ai bien fait de suivre tes conseils et de raconter à Marc les évolutions de notre enquête concernant « l'infâme », et de fait (comme tu l'avais prédit), les réactions du beau gosse ne se sont pas fait attendre.

Figure-toi que ce goujat ose parler d'une « passade » avec l'odieuse Camille et qu'il en profite pour se vanter de la multitude de ses conquêtes... Le moins qu'on puisse dire, c'est que notre bon Marc saisit toutes les occases pour valoriser sa précieuse virilité, et c'en est drôle quand on sait qu'il n'a pas touché une fille depuis au moins deux ans !

À part ça, j'ai trouvé sa défense un peu oiseuse. Monsieur veut jouer les indifférents mais (mille excuses) même si l'infâme n'a tué personne, le simple fait qu'elle soit au frais pourrait faire des vagues dans sa notoriété.

Si tu veux qu'il soit à notre merci, il faut maintenir la pression, lui faire peur, jusqu'au moment où, dépendant comme un petit enfant, il viendra pleurer dans nos jupes. Moi, je parie que Camille a tué, et il faut que Marc soit persuadé qu'on sait. Tu vois, Sonia, les hommes ne connaissent que la force, ils font leurs armes à coups de bras de fer avec les femmes. Inconsciemment, ils attendent qu'elles gagnent pour commencer à les respecter, ce n'est qu'ensuite qu'ils les aiment. C'est une loi incontournable : il faut faire souffrir celui qu'on aime pour qu'existe une chance de réciprocité. L'amour, c'est du feu primitif allumé par deux coups de silex. Un point c'est tout.

Je te promets, chère Sonia, qu'un jour ce sera devant nos pieds qu'il rampera.

Je t'embrasse,

Odette

P.-S. : J'ai interrogé ma copine Denise (tu sais, la fille qui a rencontré Camille en prison), elle m'a dit que l'autre n'est vraiment pas bavarde, quelle infâme !

Dans son avant-dernier bouquin, *Coup de colère*, Marc raconte avec moult détails le meurtre qu'une jeune gonzesse commet pour prouver à son fiancé qu'elle l'aime sans mesure. Moi je ne crois pas aux coïncidences : la douce Camille de tes quatorze ans a tourné folle furieuse quand elle a rencontré Schwerin. Et ça se comprend.

de Marc Schwerin à Mustapha

Bordeaux, le 15/8/97

Mon cher Mus,

Ces vacances me tiennent trop loin de toi et je souffre de ne pouvoir te parler de vive voix des affaires qui nous passionnent tous les deux.

À ce propos, voici les nouvelles : Odette connaîtrait une fille qui fut vaguement proche de Camille, de laquelle elle aurait tiré des informations largement fallacieuses (mais qui seraient pour elle déjà paroles d'Évangile) et qu'elle voudrait étaler sur la place publique au cas où je refuserais de coucher avec elle. C'est pas mal essayé mais trop maladroit pour être machiavélique. La pauvre Odette ne possède que la moitié des informations — Camille est une carpe —, l'autre moitié étant un fantasme délirant trouvant sa source dans son fol espoir de rendre scandaleux un couple qui s'aime. Qu'elle raconte ce qu'elle veut à tout le monde, voire à sa presse torchon, elle aura bien du mal à prouver que Camille a commis un assassinat alors qu'elle a été accusée de trafic de faux papiers.

L'assiduité d'Heimer dans la violence nourrit ma pitié et c'est tout ce que son amour dévorant pourrait faire naître en moi. Il n'y a rien de plus déplaisant que d'être aimé malgré soi, rien de plus répugnant que d'être désiré d'une fille si peu féminine qui menace, insulte, provoque, au lieu de pleurnicher modestement comme toute jeune fille bien élevée et désolée.

Mon bon Mus, pourquoi ma vie est-elle contaminée par toutes ces harpies ? Peut-être le continent de papier que j'ai créé en amassant des romans d'une année sur l'autre est-il destiné aux épidémies de jeunes filles ? Mon appréhension me dit que même en brûlant les corps de ces pestiférées, mon domaine ne serait pas purifié pour autant. Un remède littéraire de mon cru me libérerait-il de ces invasions ?

À toi,

Marc

P.-S. : Camille t'embrasse.

Paris, le 20/8/97

Marc,

Tes inquiétudes sont infondées : des harpies, il ne t'en reste qu'une (Odette) et la plus inoffensive de toutes puisqu'elle est forcée d'inventer n'importe quoi pour te toucher. Tu ne devrais même pas faire attention à ce ramassis de conneries qu'elle étale sur ses lettres ; dis-toi qu'elle est désespérée pour en venir à des moyens de femme trompée. En fait, Odette me fait penser à Soraya par moments : quand elle est jalouse, elle court dans toute la maison en beuglant, elle détruit tout ce qui a le toupet de se mettre sur son passage et la tornade s'épuise toute seule.

Tu sais ce qu'on devrait faire ? Aller ensemble à la fête foraine. Je demanderai à Sonia de nous accompagner, elle va trouver ça nul mais, telle que je la connais, si je dis que Marc Schwerin fait partie de l'expédition, elle changera radicalement d'avis. On va se marrer.

Tiens, en parlant de Sonia, elle m'a posé des questions surprenantes, hier :

— Tu ne trouves pas que *Coup de colère*, le bouquin de Marc, c'est une histoire extrêmement malsaine ?

— Je ne suis pas d'accord, ai-je répondu, pour moi l'histoire est une farce poétique sur la Bible.

— T'as vraiment rien compris, ma parole, le

livre ne supporte qu'une idée : ce qui est malsain est jouissif. Tuer son cousin asthmatique en le forçant à fumer quatre paquets de cigarettes par jour, c'est morbide, sadique, enfin malsain, quoi ! Et, une fois le meurtre commis, les héros copulent avec « une frénésie plus simiesque qu'humaine », c'est ce qu'il a écrit.

Va savoir ce qu'elle avait encore dans la tête... Cette manie qu'ont les femmes de lire les romans par le petit bout de la lorgnette !

Au fait, j'attends ton petit prochain avec impatience.

__________ __________ ________ ________
__________ _______ ________ __________

Je t'embrasse,

Mus

P.-S. : Dis à Camille que je lui prépare un cadeau de « sortie ».

Pour Mus et moi, la foire est un plaisir dionysiaque réglé comme une cérémonie : on s'y rend chaque année pour manger une merguez, boire des bières, tirer sur des ballons avec une carabine à plomb. Il n'y a rien de plus défoulant. Je plains les purs esprits qui dédaignent les joies solides des distractions populaires.

Cette année, la foire retrouve sa fonction primitive : réunir les gens ; chacun de nous invite une jeune fille, le hasard choisit Odette et Sonia.

Je prends un air sévère et préviens Odette :

— On ne parle pas de sujets qui fâchent.

Sonia ricane dans mon dos :

— Alors on ne parle pas moutarde !

Elle porte un tee-shirt sur lequel est inscrit « Les ennemis de Jeff Buckley sont mes ennemis ». Je l'admire pour son engagement, surtout que, de nos jours, les jeunes n'aiment plus la politique. Je me gratte la tête : « Ce Jeff Buckley doit être un membre actif du mouvement de libération des Noirs américains, les Black Panthers. »

L'avenir est là qui compte une arrière-garde téméraire.

Odette me flatte avec des insistances de chatte amoureuse.

— Tu as une mine superbe, Marc.

Elle a décidé de ne pas me lâcher d'une semelle, de prendre mon bras sous le sien et de me ronronner des douceurs à l'oreille. Son attention s'éveille dès que je prononce une syllabe et si je ne la connaissais davantage, je la trouverais parfaite en animal de compagnie.

— Mus ! Odette vient de m'avouer qu'elle meurt d'envie de découvrir tes calligraphies ! lancé-je en me retournant sur un Marocain aboulique et rêveur.

La jeune fille ne goûte pas la plaisanterie et me siffle sa contre-offensive à l'oreille. Le sort en est jeté. Ce qui devait sortir sort. L'abcès se crève et Odette mord.

— Dis donc, Marc, je me demandais si l'amant de Camille Hennin n'était pas son complice dans le trafic des faux papiers ?

— J'aime ce personnage héroïque que tu vois en moi, mais en vérité je serais incapable de tels exploits. À chacun son art, Mus l'écriture en couleurs, Camille l'aide aux clandestins, et moi les romans pour jeunes filles.

Odette, interdite et furieuse, digère mon excès de franchise alors que dans mon dos, un bruit nasillard me tourmente déjà les tympans.

— Ouin, moa je les ai vues les calli de Mus. Vraiment excellentes.

Le visage de Mustapha s'est illuminé. Il parle avec galanterie :

— Tu passes quand tu veux à l'atelier, Odette. J'ai toujours su que tu avais des goûts d'esthète. L'art a besoin d'un œil comme le tien !

L'iris noir de mon ami s'est planté dans la pupille claire de ma plantureuse fanatique.

— Viens, Odette ! Je t'offre une merguez. J'ai l'intuition qu'on va bien s'entendre.

Une demi-douzaine de merguez plus tard, Odette se lance de toute son éloquence dans une diatribe de haut niveau.

— Enfin, Mus, si on sortait ensemble, ça ressemblerait à du néocolonialisme ! Toi avec ton permis de séjour et ton passeport coloré et moi et mon engagement politique, ça fait manœuvre mafieuse, mariage blanc, piston d'association. Et moi, je suis pour une application globale du principe de générosité. Tu comprends ?

Malgré le soin qu'elle met à se lécher les doigts, ses mains (hautement expressives) luisent de graisse.

— Mais « qui » penserait ça ? demande Mus de tout son calme.

— Mais tout le monde ! fait-elle, outrée que Mus ne conçoive pas l'étendue des persécutions dont elle est victime.

Pendant ce temps, Sonia s'est rapprochée de moi. Je constate qu'elle s'est mise sur son trente et un, à compter qu'un tel chiffre inclue la panoplie complète de la jeune négligée qui a beaucoup étudié son effet. Jean décoloré par endroits, mais très propre, chaussures d'aventurier canadien parfaitement cirées, tee-shirt, qu'on a déjà décrit, repassé. Le comble du modernisme relâché. Le seul vestige de désuétude reste sa chevelure châtain impeccablement lissée et réunie en une seule mèche derrière sa nuque par un morceau de velours élastique : unique détail qui fait partiellement d'elle une descendante des modèles de la comtesse de Ségur.

— Alors, ce prochain bouquin, ça va être quoi encore ?

Pourquoi ce « encore » ? Elle qui dit être ma première admiratrice ! On oublie parfois à quel point la prétendue originalité se paie avec de la mauvaise humeur.

— Personne n'est obligé de lire mes livres.

— Je voulais dire... depuis le temps que je fais partie de votre vie, je me suis souvent attendue à des allusions sur moi dans vos bouquins. Un détail minime m'aurait fait plaisir, juste pour dire que j'existe...

— Mais bien sûr que vous existez dans mon œuvre, Sonia ! Vous verrez, vous verrez...

Ce que je viens de lui dire la met en joie. Elle rit, bouche grande ouverte, ce qui a pour conséquence d'allonger plus encore les fils d'amidon de sa bouche, et de plisser davantage ses cernes violets comme des pétales flétris. Elle a déjà dû mimer le rire devant une glace et remarquer qu'il ne lui convient pas. Toutes les jeunes filles font ça. C'est sûrement pour cette raison que je ne l'ai jamais vraiment vue joyeuse. Aujourd'hui, elle a oublié les promesses du reflet — qu'elle a décryptées comme elle a pu, reconnaissant que son visage serait plus plaisant s'il restait fermé, plein comme l'être qui l'habite et qui réfléchit aussi profondément que le miroir — car une fois n'est pas coutume.

— Jamais je n'ai été si heureuse, me confie-t-elle.

Tard dans la soirée, je rejoins Mus dans sa chambre de bonne, spacieuse comme une cage à lapin, sauf qu'une bête serait déjà rôtie car ici la tuyauterie chauffe les quatre murs, y compris au mois d'août.

Il roule son joint quotidien avec une dextérité cérémonieuse qui évoque de plus grands talents. Idiote, cette Sonia. Pas les yeux en face des trous.

— L'herbe est grasse cette année, rends grâces à l'herbe, fait-il, malicieux, en paraphrasant Gnawa diffusion, notre groupe préféré.

La chaleur m'abrutit.

— Pourquoi ne dors-tu pas dans l'atelier ?

— L'atelier, c'est pour travailler, ici, c'est pour dormir (simplicité mustaphique).

— Et où as-tu baisé Sonia ?

— Dans l'atelier, évidemment ! C'était du boulot, tu sais !

On éclate de rire.

— Elle voulait absolument faire l'amour dans un coin inconfortable, reprend Mus, au début, je ne comprenais pas pourquoi, maintenant je sais.

— Pourquoi ?

— En face d'elle, dans la position où elle était, elle pouvait voir *L'Hidalgo* accroché au mur.

— *L'Hidalgo de la prise* ! Mon roman imaginaire ! Si j'avais su à quinze ans qu'un simple titre pourrait faire tomber des filles, j'en aurais aussitôt inventé plus d'une dizaine.

— Comme si tu avais besoin de ça !

— Tu ne m'as pas connu à quinze ans, je ressemblais à une fille.

— Non ?!

— Mais si, bien sûr. À dix-sept ans, la virilité m'est tombée dessus comme la Révélation. Ce fut une révolution aussi gigantesque que le changement de sexe chez l'escargot. Du coup, je suis un homme qui a le souvenir d'avoir été une femme.

— Et c'était comment ?

— Insupportable.

Mus rêvasse, fumée en bouche, se perd dans un monde imaginaire, chantonne un air qui vient du ventre et s'expulse comme une complainte :

— « Ooh, je voudrais être un fauteuil dans un salon d'coiffure pour daames. »

Il fait chevroter son chant et puis cesse.

— Odette me voit comme un Arabe, Sonia comme un ersatz, et toi ?

— Moi, je ne vois rien, je pense.

— Tu penses quoi ?

— Qu'en additionnant Odette et Sonia, on obtient un monstre bicéphale assez épais pour donner corps à un livre.

— Tu veux écrire un bouquin sur elles ?

— Déjà fait...

— Le prochain ?

— Absolument.

Je me lève, fais le faraud avec des révérences ridicules et proclame :

— Mus, je t'annonce la venue au monde, d'ici quelques semaines, des *Vers du nez* !

Mustapha applaudit.

Je préfère de loin déflorer un roman qu'avouer l'admiration tenace qui me saisit pour lui.

Auxerre, le 22/9/97

Monsieur Marc Schwerin,

Je vous écris aujourd'hui pour vous faire part de mon admiration infinie concernant *Les Vers du nez*. Ce dernier livre m'a plus frappé que *L'Uppercut*, plus envoûté que *Sombres zibelines*, plus charmé que *Le Roi des nyctalopes* et j'en passe.

Monsieur, vous avez atteint des sommets dans la maîtrise littéraire. Vous avez, en effet, crevé le mystérieux abcès de l'âme féminine dans ce roman, et comme le beau sexe nous paraît maintenant cru et vicieux ! Certains regretteront la dureté avec laquelle vous traitez les femmes mais Montherlant ne nous avait-il pas déjà montré à quel point leurs limites les infériorisaient ? Chanter la perte de féminité des filles de notre époque est une grande mission, monsieur Schwerin, et vous l'avez remplie avec brio. Bravo !

Mais je m'aperçois maintenant que ma lettre a frisé l'impolitesse en restant dans l'anonymat. Aussi permettez-moi de me présenter. Mon nom est Tibauge, Gustave Tibauge, poète. J'ai enseigné toute ma vie le français à des enfants dans le but de leur donner le goût des Grandes Lettres, et j'espère y être parvenu. Peut-être ma profession m'aura-t-elle davantage sensibilisé à la perte de repères chez la jeune génération à mesure que notre pays s'enfouit dans la déchéance. Alors que la France a perdu sa position dominante concernant les arts, c'est en frissonnant que nous constatons chaque jour des records de chômage ; honte à notre pays. Heureusement, un grand écrivain nous est donné : Marc Schwerin. Parce que votre œuvre est mélancolique, elle est réaliste. Comme Yves Duteil (que j'adore), vous chantez les douces habitudes du passé. Merci pour l'espoir que vous rendez à un pauvre homme, aujourd'hui veuf et pour qui les charmes de notre belle langue sont les seules réjouissances, les seuls reliquats de la vie.

Cordialement,

Gustave Tibauge

Orléans, le 30/9/97

Marc Schwerin,

Deux-trois phrases pour dire à un auteur que j'estimais le dépit que son dernier bouquin m'a inspiré.

Je sais bien que les bonnes causes ne sont pas des sujets d'écriture mais franchement, Marc Schwerin, un tel ramassis d'antiféminisme primaire, de cruauté gratuite et de mauvaise foi vaguement cynique ne peut que saper l'estime que beaucoup de gens avaient pour vous. Et je ne parle même pas des idées d'extrême droite que vous distillez dans ce torchon anachronique. Si on m'avait fait lire *Les Vers du nez* en me cachant le nom de l'auteur, j'aurais juré : (1) qu'il était impossible d'attribuer ces lignes à Marc Schwerin, écrivain sans génie mais honnête ; (2) qu'il fallait atteindre un âge avancé dans le gâtisme pour ruminer des lignes aussi niaises qu'insultantes.

Vous dites dans une interview qu'Audrey et Tania, les deux héroïnes du livre, sont des prétextes à faire le « portrait des jeunes filles de notre époque ». Quelle prétention stupide ! Ces deux filles sont tellement caricaturales qu'elles ressemblent plus à un patchwork de tares contradictoires (et pas si typiquement féminines que ça !) qu'à des personnages crédibles.

Par ailleurs, votre style s'est terni, vous vous répétez sans mesure, enfin bref, désolée mais *Les Vers du nez* est bel et bien un raté.

Marinette Oyer, directrice
du groupe de lecture féminine du Loiret.

P.-S. : Heureusement que je ne suis pas éditrice parce que alors vos *Vers du nez* ne seraient jamais sortis.

de Marc Schwerin à Mustapha

Paris, le 5/10/97

Mon cher Mus,

Je suis atterré de constater à quel point on politise mes *Vers*. Les premiers échos qui me parviennent parlent d'offensive sexiste, de « torchon réactionnaire », voire de pamphlet royaliste. L'innocent en moi s'offusque, celui qui a consacré sa vie au sexe féminin et à la magie de l'amour, particulièrement ! Ce n'est pas à toi que j'apprends ça...

M'accuser d'aimer la politique me fait glousser, en revanche. Moi qui vomis la rectitude consciencieuse des hommes de la chose publique et plus particulièrement (puisqu'on m'imagine royaliste) celle de nos petits nobles qui nous démontrent régulièrement — avec un comique séculaire — à quel point la bêtise avec titre est grandiose et congénitale. Enfin, ceci n'est pas le propos de mon œuvre.

Qu'ai-je fait dans ce livre ? Articuler des marionnettes imaginaires — et inoffensives — en dehors de leur intrigue propre, comme un gosse construit une maison en Lego pour y faire circuler une histoire pleine de fantasmes. Ce livre, comme tous les autres, n'est qu'un prétexte à l'écriture et non un manuel d'exemplarité. Cette manie toute française de vouloir tirer des leçons d'une historiette imprimée !

Je reçois des tombereaux d'insultes d'un groupe féministe du Loiret ; la directrice et ses membres ne semblent pas connaître la panne d'inspiration. Une d'elles m'écrit : « Nous avons la ténacité, le courage, et parfois le pucelage de celle qui a anobli Orléans et c'est en son nom, comme au nom de toutes les femmes, que nous dénonçons les horreurs contenues dans ce rouleau de papier non hygiénique que sont *Les Vers du nez*. »

Quel mordant que ce prudhommisme de viragos. Je leur réponds :

« Mesdemoiselles,

« Nous nous sommes mal compris ; si je fais un portrait un peu vinaigré de Tania et d'Audrey dans mon roman, c'est pour accorder plus de douceur, dans ma vie intime, au reste de l'humanité féminine. »

J'adore nos échanges car quand elles sont susceptibles, les filles sont aussi plus séduisantes. Tu seras sûrement d'accord avec moi.

Je n'ai de nouvelles ni d'Odette ni de Sonia. Le suspense est hitchcockien.

Soraya doit-elle toujours venir pour Noël ? ——
——— ——— —— —— ———— ——
———— ——— —— —— —— ———

À toi,

Marc

de Sonia Rossinante à Marc Schwerin

Paris, le 5/10/97

Marc,

« Sois sage, ô ma douleur, et tiens-toi plus tranquille », me suis-je dit ce matin, le visage convulsé par les pleurs mais prenant malgré tout mon stylo pour vous parler.

Il n'y a pas de plus grand malheur qu'un coup de poignard dans le dos assené par un ami.

D'ailleurs, comment dois-je l'appeler maintenant ? Un ex-ami, un amant manqué, un confident regretté ? Depuis ce réveil nébuleux hanté par les souvenirs de la lecture de la veille, il n'y a plus ni substantif ni qualificatif pour désigner ce que vous avez été pour moi. J'écris tout simplement à l'auteur des *Vers du nez.*

« J'ai puisé dans ma vie deux personnages qui me semblent regrouper les paradoxes, les charmes et les vanités des jeunes filles de notre époque », dites-vous dans un journal. C'est vrai que vous décrivez longuement les « paradoxes » ainsi que les « vanités » d'Audrey et de Tania dans ce dernier livre ; pour ce qui est des charmes, ne m'en veuillez pas si je ne les ai pas remarqués, ils devaient être si subtilement dilués qu'ils n'ont pas imprimé un esprit aussi fruste que le mien. Car j'imagine que c'est tout le bien que vous pensez de moi, alias Tania dans les *Vers* : « Une fille qui aurait pu réussir sa vie si elle n'avait pas manqué de distance et de simplicité ; deux qualités absolument nécessaires aux jeunes filles et aux écrivains. »

Je vous fais grâce de toutes les attaques sournoises que j'ai relevées, préférant vous citer ma « préférée » : « Sa masturbation de la veille se lisait sur son visage. » Me voilà chaleureusement remerciée pour toute l'amitié que je vous ai donnée, moi qui ne me touche jamais (*) !

Quant à Odette (la pauvre !), elle aura autant de raisons de se plaindre. Vous écrivez : « Quand Rodrigue (l'odieux vous) vit qu'Audrey ignorait si naturellement son meilleur ami, il en conçut une haine sauvage qui aiguillonnait ses sens hispaniques vers un désir de vengeance mortelle. » La violence de votre syntaxe me fait douter de votre équilibre mental car expliquez-moi comment on peut concevoir la mort de quelqu'un pour l'unique raison que celui-ci (celle-ci) ne tombe pas sous le charme de ceux que vous aimez. Vous avez le psychisme égocentrique d'un gosse de dix ans, Marc, relisez-vous et vous verrez.

Heureusement, ce n'est pas votre meilleur livre, loin de là, ce qui limitera ma honte non d'être ce que je suis mais d'avoir été depuis si longtemps sans cesse à vos côtés. Les *Vers* me montrent en effet combien vous êtes bas, limité, terne et haineux. Tout le portrait d'un écrivain qui aurait pu être un génie et qui a loupé le coche, comme beaucoup d'autres.

Maintenant que nous n'avons plus rien à nous dire, j'écris au revoir sans nostalgie.

Sonia Rossinante

(*) Et d'abord à quoi voyez-vous que les gens se masturbent ? Devient-on sourd ? La femme a-t-elle l'ongle du majeur plus court que les autres comme le disent certains (vous savez qui) ? Vous êtes pareil aux autres : vous manquez d'imagination dès qu'il s'agit de sexualité féminine, et surtout celle qui s'exécute en solo. Et si moi, je vous disais qu'avec vos yeux fatigués d'asthmatique vous avez une gueule d'éjaculateur précoce ? Mais si, j'insiste, c'est ce que je pense de vous.

P.-S. : Vous trouverez, ci-joint à cette lettre, l'ensemble de votre courrier que je vous renvoie, soulagée de ne plus garder quoi que ce soit de vous.

P.-S. : Après Camille, vous ; ma vie est un complot.

de Marc Schwerin à Sonia Rossinante

Paris, le 7/10/97

Chère Sonia,

Je veux rétablir très vite la vérité concernant la genèse de ce bouquin puisque les journalistes, toujours fidèles à leurs fantasmes, ont trahi mes propos. En effet, je n'ai pas dit : « J'ai puisé dans ma vie deux personnages qui me semblent regrouper les paradoxes, les charmes et les vanités des jeunes filles de notre époque », mais « J'ai puisé dans mon imagination », ce qui change tout, vous en conviendrez.

Sonia, j'ai conscience du mal que ce quiproquo vous a causé et je voudrais vous dire : ne souffrez plus, cette douleur je vais l'expulser, les explications attendent dans ma plume (et même, je peux mettre mon corps à contribution). Tous les individus de sexe féminin qui ont traversé ma vie ont contribué à la matière du roman. Je n'ai eu qu'à amplifier leurs proportions et les deux héroïnes aussi laides que bêtes des *Vers du nez* sont nées. C'est devenu banal à dire mais Audrey et Tania, c'est moi. D'ailleurs, je serais soit sadique soit schizophrène pour vous inviter chez moi et vous écrire tant et dans le même moment machiner des intrigues, pire ÉCRIRE un livre contre vous. Et contrairement à ce que vous pensez, je ne suis ni cruel, ni injuste, ni haineux. J'ai le cœur doux comme un agneau et le sens de l'amitié. La preuve ? Je suis bien plus peiné par votre malheur que par les critiques littéraires que contient votre lettre ; d'aucuns se seraient révoltés exclusivement contre ces dernières.

Concernant *Les Vers du nez*, bien sûr que son ton est acide mais, que voulez-vous ? je suis un offensif de la plume, les portraits au vitriol me font jouir comme un but dans le camp adverse fait jouir un supporter de foot. À partir du moment où je tiens un stylo, je fais corps avec l'objet et me transforme en flèche ; puis, après chaque gribouillage, mon cœur d'enfant (mes dix ans comme vous dites) se regreffe automatiquement et me revoilà aussi inoffensif que j'ai l'air fatigué, comme l'avez remarqué.

J'espère vous avoir donné toutes les raisons de croire en vous : je me suis appliqué à vous expliquer ma machine d'écrivain. J'espère ne pas devoir faire pénitence pour vous reconquérir, contrit je le suis déjà d'avoir publié un livre si mal écrit.

Maintenant que vous me savez désolé, libre à vous de saboter notre amitié ; vous tirerez la première.

Marc

Paris, le 7/10/97

Mus,

Déluge de commentaires surprenants à propos du petit dernier.

Sonia m'a envoyé une lettre aussi tranchante qu'un rasoir deux lames. Elle s'est reconnue, évidemment. Pendant bien une heure, je me suis demandé que faire : avouer qu'elle a raison d'être malade de honte car elle est le modèle de Tania, ou mentir ? J'ai choisi la deuxième solution car je suis lâche, enclin à la pitié et surtout j'ai réalisé quelque chose d'essentiel. La médiocrité rossinantesque éperonne mon écriture en la grisant comme une vraie piquette. Peut-être ai-je tort mais la correspondance de Sonia, qui m'a déjà rendu fécond, recèle encore quelques prouesses littéraires. Cette fille si énervante est une muse de première classe. D'ailleurs, je ne doute pas qu'elle me donne bientôt l'idée d'un prochain roman car il existe en elle quelque chose de vulgaire qui s'ennoblit dans la haine et le malheur.

Ma dernière lettre l'a suffisamment flattée (je lui ai servi sa sémantique du bas-bleu) pour qu'elle abandonne son chantage au silence. Je sais aussi que c'est dans les moments où nous sommes fâchés tous les deux qu'elle laisse tomber ses plus belles perles, ses petitesses grandioses que j'attends, les mains ouvertes, comme le paysan attend la pluie.

Je sais que tu me comprendras. Quand on tient une Sonia, voire une Odette, on tient au moins deux bouquins.

À propos d'Odette, plus de nouvelles. Je pense l'avoir définitivement perdue. Qu'importe, elle n'était pas aussi juteuse que notre belle poire bordelaise.

Je te laisse, mon attaché de presse vient de m'appeler pour une affaire urgente : j'ai oublié de dédicacer mon livre à un obscur écrivain polonais.

Je t'embrasse,

ton ami fidèle, Marc

P.-S. : Camille a adoré *Les Vers du nez*, ça me rassure parce qu'elle a son franc-parler...

Montgeron (Essonne), le 25/10/97

Marc Schwerin,

Vous ne me connaissez pas mais moi j'ai beaucoup entendu parler de vous. Tout a commencé il y a plus d'un an. À cette époque, je sortais avec Odette (eh oui, Odette Heimer que vous connaissez si bien), c'était une fille ambitieuse et vive ; nous avions un énorme avenir devant nous. Elle m'avait présenté à sa famille, tout allait pour le mieux dans le meilleur des mondes. Vous n'étiez alors qu'une connaissance mondaine, secondaire dans le cœur d'Odette. Du jour au lendemain, tout bascula.

— Raymond, me dit-elle, on doit en rester là parce que je suis en train de tomber amoureuse de quelqu'un d'autre.

Mon cœur s'arrêta et je demandai, la mort dans l'âme et déjà persuadé que ce rival c'était vous :

— Qui est-ce ?

— Marc Schwerin.

J'avais deviné juste.

Ma vie s'est arrêtée dès cette seconde. Cela fait plus d'un an que je suis mort. Une seule partie de mon esprit a continué de marcher depuis ce jour de deuil : ma logique. Je commençai un raisonnement. Pourquoi Odette me quittait-elle ? J'ai toujours été gentil, je réalisais tous ses caprices, j'étais à ses pieds, je l'aidais dans son travail (je faisais les montages informatiques de ses pubs), etc. Tout ça avait été vain. Un type arrivait, ne faisait aucun effort pour elle et elle était aux anges. Allez comprendre.

Nous sommes restés amis. Elle me racontait tout (pour mon malheur) : vos soirées, les ambiguïtés de votre comportement. Elle me parlait pendant des heures de votre « talent », elle qui n'en manque pas et sait concilier si brillamment publicité et ouverture sur le monde... Alors, pour lui faire plaisir, j'ai lu vos bouquins et je ne les ai pas trouvés si terribles que ça. Mais après tout, là n'était pas la question. Du moment que vous la rendiez heureuse.

Nous voici au cœur de cette lettre. Marc Schwerin, ce que vous avez fait est très grave. Car non seulement vous n'avez jamais rendu Odette heureuse mais pire, vous l'avez détruite. À l'heure qu'il est, elle a perdu trois kilos et s'est enfermée chez ses parents à La Ferté-Alais. Elle n'accepte aucune visite, ne répond plus au téléphone et a quitté son emploi, elle qui a toujours été une *workaholic*.

Tout le monde sait autour d'elle que l'unique responsable, c'est vous. Vous et votre dernier torchon : *Les Vers du nez*. Un titre dégueulasse pour un livre dégueulasse engendré par un auteur qui n'est pas moins immonde.

Maintenant, vous allez bien lire ce qui suit. Si le cas d'Odette s'aggrave dans les jours qui viennent, je vous trouverai et vous casserai le nez ; ensuite, j'exigerai une censure sur les *Vers* (vous devrez stopper la diffusion). Après seulement vous aurez une chance de dormir sur vos deux oreilles.

J'espère que nous nous comprenons bien.

Raymond

P.-S. : Si vous voulez me répondre, voici mon adresse :

Raymond Bacille. 22, rue Vivier. Montgeron.
tél : 01. . . . . (pas après 21 heures).

Paris, le 5/11/97

Cher Raymond,

Quelle joie de recevoir votre lettre. Vous ne le savez peut-être pas mais nous nous sommes déjà rencontrés, lors d'une soirée chez Odette, il y a juste un an. Certes, il y avait beaucoup de monde mais j'avais fait le pari avec Odette que je devinerais quelle était sa douce moitié. Et, de même que Jeanne d'Arc reconnut instantanément le roi de France qui s'était fondu dans la cour pour tester la bénédiction de la pucelle, je flairai parmi la foule qui était le chanceux qui prenait soin de dame Heimer. Je vis un petit homme taciturne, maigre et anxieux, le visage de l'intellectuel tourmenté, « charmant » : il aurait pu l'être si Dieu n'avait pas décidé, dans un probable moment d'humeur, qu'il serait depuis sa naissance jusqu'à sa mort microcéphale.

J'observai cet être trop malheureux pour être bon, trop petit pour jouer les fiers-à-bras, trop passe-partout pour être remarquable, même de médiocrité. Le petit d'homme comme l'écrivait Kipling en était encore à ce stade primitif où

— tel Mowgly — il n'osait regarder les gens en face ; préférant jouer avec ses grands ours d'amis, il s'appliquait à ne me présenter qu'un profil ou une nuque — épaisse comme mon poignet.

Je félicitai Odette pour ce choix judicieux, tout en me disant que la jeune fille trahissait ainsi sa passion pour la domination. Et de fait, elle me raconta quelques mois plus tard combien vous étiez aimant et soumis, jaloux et impuissant, une victime consentante. Contrairement à ce que vous pensez, je n'en ai éprouvé aucun contentement mais plutôt une sincère commisération pour vous et pour elle qui était mon amie.

Que vous dire ? Que notre amitié dérapa car elle ne sut pas résister à l'érotisation de nos entrevues ? Qui dit érotisme ne dit pas sexe, évidemment. Jamais je ne la désirai. Jamais elle ne le comprit. La correspondance met le feu à beaucoup de lectrices ; quand la mèche est allumée, il y a plus de (mal)chances de tout retrouver calciné que de sauver une amitié. Allez leur dire. Moi je n'ai jamais été écouté.

Ainsi, le malentendu forcit, enfla comme un fleuve en crue ; il me fallut trouver des solutions. Je lui proposai quelques beaux partis, des gens proches de moi, Sonia, Mus : ce n'était pas assez bien pour elle. À court d'imagination et aussi parce que malgré la largesse de mes gestes, je ne suis pas assistant social, je me réfugiai dans le silence. C'est à partir de ce moment-là, cher Raymond, qu'Odette péta les plombs, pas après.

Vous lui demanderez ce qu'elle m'écrivit alors. Si vous pensez qu'une fille qui mène des enquêtes sur des secrets d'alcôve pour en faire chanter les acteurs est saine d'esprit, c'est que vos jugements sont proportionnels à la taille de leur enveloppe crânienne, ou bien vous êtes américain. À vous de savoir.

Quoi qu'il en soit mes *Vers* ne sont qu'une réponse du berger à la bergère, rien de plus. De cette manière, Odette et moi sommes quittes, sauf qu'à la différence des coups de colère de votre aimée, ma contre-attaque respecte l'identité de ses personnages : outre son entourage proche, personne ne saura qu'Audrey des *Vers du nez* était en fait Odette Heimer. Merci qui ?

Votre exigence inquisitoriale concernant la diffusion du livre m'a fait beaucoup rire. Je veux bien vous envoyer un exemplaire gratuit et dédicacé mais il ne faut pas vouloir priver les autres de la lecture d'un bon bouquin, vilain petit Raymond !

Sur ce, je vous laisse méditer les paroles d'un aîné. À bientôt, j'espère.

Marc

P.-S. : Je dédicace mes livres mercredi de la semaine prochaine à la librairie ———————— ———— —————— ———————— ———— —— ————

C'est déjà la mi-décembre. Camille a posé ses bagages chez moi et nous ne sortons quasiment plus de l'appartement. Le froid mordant à l'extérieur, nos retrouvailles nous ont rendus casaniers. Les fenêtres nous offrent des paysages à contempler : des arbres décharnés qui me rappellent ceux que je dessinais, enfant, à l'encre de Chine et dont les branches voulaient pousser les dimensions de la feuille de papier, et puis il y a la ville grisâtre et frileuse ou éclairée comme une piscine, la nuit.

Mus et Soraya passeront Noël chez nous. Quand j'ai téléphoné à Mus, hier, on a ri de nous voir si sages et si heureux au même moment. On s'est dit qu'un des grands « d » — Dieu, pour lui, ou le Destin, pour moi — rythmait nos vies sur le même tempo, et que, ma foi, on ne regrettait pas l'hiver et notre vie murmurée comme une musique de chambre.

Je ne l'ai jamais vu aussi heureux que depuis qu'il a retrouvé Soraya.

Cette fois-ci, notre quatuor est vertueux. C'est fou ce que sans Soraya et Camille, on était vulnérables.

Quimper, le 15/3/98

Marc Schwerin,

Mon nom est Léa. Léa comme l'eau, la mer, le liquide. L'eau est mon secret. Je vais vous révéler mon secret. Depuis toujours Léa fut l'élue. De l'écriture. La sensation, tout le temps, de couler dans l'écrit. Comme dans un ventre maternel. Je suis comme vous. Comme toi. L'élue liquide de l'écrit.

Mon histoire, c'est un séisme. La plaque France contre la plaque africaine s'est frottée à moi, jusqu'au sang. Je suis l'Écorchée Vive de deux continents. Pleurs. Larmes. L'eau, entre les deux. Je suis Léa.

J'aime les *Vers*. C'est unique. Voilà enfin un livre qui parle de la honte. La honte de la France. La France n'accouche plus que de monstres. Tania, Audrey : des monstres. Quand la France refuse le paradoxe : l'Arabe. Ne naissent que des monstres. J'ai honte pour elles, les héroïnes. Elles me dégoûtent. C'est fort, le dégoût. C'est ça, la littérature.

À vous de m'écrire.

Léa

Metz, le 22/3/98

Oh, Marc Schwerin,

Vous lisez ma lettre en ce moment. Quelle émotion !

Vos livres me plaisent, surtout le dernier. Quelle poésie ! *Les Vers du nez* m'ont fait penser aux contes pour enfants que j'ai tant aimés !

Je suis É.P. Ce sont mes initiales. Alors, simplement, je voudrais que vous m'appeliez « petite É.P. », « petite épée ». Je suis rêveuse, symboliste, nébuleuse, vous voyez ? Je suis une petite épée qui veut vous toucher pour vous sacrer.

Toute mon enfance est pleine de vagues souvenirs qui me parlent d'une princesse enlevée et élevée chez des paysans. Je me souviens d'un palais de glaces, des dorures et des vêtements de satin qui coulaient jusqu'à mes pieds. C'était la beauté. Vous aussi vous dites la beauté dans votre livre. Et puis, il y eut les croquants, leur sale rusticité, leurs grosses mains, leurs sournoiseries. Il y en a même un — un gros — qui voulait me violer ; je brandis ma défense secrète, mes pouvoirs magiques, la petite épée. Le lendemain, il mourut. Bien fait !

Comme je voudrais rentrer dans mon palais. Vos livres sont des ponts impalpables qui me mènent en rêve sur les terres de mon royaume d'antan. Vous êtes le chevalier servant qui me conduit dans l'Enchantement. Vous êtes celui que les fées m'ont promis comme amant.

Écrivez-moi car, sans vous, le cœur d'É.P. se brise !

Émilie Paquet

Nice, le 4/4/98

Cher Marc Schwerin,

Il y a un an, je suivis mon mari pour Nice. Partis de Paris, la Ville lumière, ville des artistes. Arrivai dans une station balnéaire, calme, bourgeoise. Je l'ai tout de suite regretté. Contrairement à toutes les épouses de Nice, je ne suis pas bourgeoise : j'ai posé nue pour des peintres.

Dirons-nous que je vous ai connu trop tard ? Avant *Les Vers du nez*, vous n'étiez qu'un nom, une ombre fugace de la vie littéraire. Peut-être nous sommes-nous croisés ? C'est bien possible : j'ai très bien connu le directeur de votre maison d'édition...

Votre livre m'a chamboulée. Vous peignez le plaisir féminin avec une précision terrible ; votre plume, c'est un coup de serpe dans le milieu (émasculé) des lettres. J'a vu votre photo : des yeux de fauve plantés dans un visage anodin. Quand vous écrivez, vous êtes beau.

Savez-vous que je ne vous lis qu'une fois fardée et maquillée ? C'est étrange mais je sens que lire me rend visible quand l'auteur est grand. Plusieurs fois dans ma lecture, j'ai senti votre regard de séducteur me vriller l'âme. Quand j'ai posé le livre, j'étais toute moite, mon visage était blême comme après l'orgasme. J'étais pleine de vous.

Je suis belle. Le sentiez-vous ? Qu'il est triste pour une beauté encore jeune d'être enterrée dans une ville iodée si loin des lumières de l'esprit qui l'émeuvent plus que tout.

Si vous descendez à Nice, un jour, passez me voir. J'invite toujours deux-trois amies pour le thé et nous devisons art. Je vous présenterai à quelques amis peintres si vous le désirez. Nous aurons tant de choses à nous dire.

Sandrine Feuardent

P.-S. : Savez-vous comment il m'est arrivé de vous lire ? Mon mari et moi étions invités à une soirée décontractée chez un couple d'avocats quand, au milieu de la conversation, la femme (un peu vulgaire) lança à brûle-pourpoint : « Ce Marc Schwerin crée l'événement de la rentrée mais son livre est grotesque. » Tout le monde semblait vous connaître, excepté moi. Je me gardai de donner mon avis. La suite, vous la connaissez. L'éblouissement dès la première page. Je suis persuadée que votre littérature ne plaît qu'aux gens de goût, aux esthètes. Me trompé-je ?

Tulle (Corrèze), le 13/4/98

Bonjour Marc Schwerin !

Je m'appelle Isabelle et je suis votre fan n° 1. J'aime tout ce que vous avez écrit, tout, sans exception. Vous êtes l'auteur que j'ai attendu toute mon adolescence : un auteur contemporain et classique, profond et drôle. Tout de même, j'ai préféré *Coup de colère* au reste de votre œuvre car la foi s'en mêle. Ce livre-ci est aussi tellement plus positif que tous les autres, il ressemble à mon petit dicton qui est « J'aime la vie jolie ». En effet, à la fin, la lumière réconcilie les deux héros Jean et Esther dans l'amour vrai.

J'ai moins aimé *Les Vers du nez* car c'est triste et un peu immoral, surtout quand les deux jeunes filles font des choses ensemble, je trouve ça malsain ; cependant les ingrédients littéraires sont ceux d'un bon gâteau (je suis gourmande) : osés mais juste, précis dans la construction poétique, au gramme près.

Chez moi, j'ai encadré votre photo juste au-dessus du crucifix de ma chambre. C'est très joli. J'ai cousu moi-même le cadre en canevas ; et puis le voisinage de la croix devrait, à la longue, vous redonner la foi puisque vous dites l'avoir perdue quand vous étiez adolescent.

Mais restons positif (« J'aime la vie jolie »), comme vous devez être heureux de parvenir à publier autant de bons livres ! Jamais de panne en première ligne ? Mon petit doigt me dit que c'est parce que vous êtes un peu moqueur que vous ne séchez jamais... Coquin !

Oh ! Mais je m'aperçois que j'ai très peu parlé de moi. Peut-être êtes-vous curieux de me connaître ? Je suis une jeune fille de vingt-quatre ans, en fin d'études de latin. Mon rêve est de donner le goût des belles-lettres aux enfants par le biais de l'enseignement de la sublime langue latine. L'année prochaine sera l'année des bouleversements car je serai nommée professeur au collège des Oiseaux à Limoges. Quelle ivresse !

Aimez-vous le sport ? J'imagine que oui, bâti comme vous êtes. Cela nous fait un autre point commun (en plus de la poésie que vous pratiquiez dans votre adolescence ; je n'ose vous soumettre mes vers...). Le scoutisme a fait de moi une adepte de la marche à pied ; je ne connais rien de plus épatant que de parcourir 15 km dans la campagne ! À ces moments-là, la lumière de mes pas me parle d'une vie supérieure. Je prie pour qu'un peu de notre bonheur de l'au-delà descende jusqu'ici rendre la vie un peu plus jolie ; la vôtre aussi, Marc Schwerin.

Cordialement,

Isabelle Legrandet

Paris, le 17/4/98

Marc,

On s'est jamais vus mais j'ai lu deux-trois de tes bouquins et voilà ce que je peux en dire franchement : y a des bonnes choses et des immaturités, enfin bon, avec de la volonté, y a toujours moyen de progresser...

Le feeling de ta prose est souvent corrosif, je veux bien accorder quelques figures stylistiques inventives mais, dommage (!), rien d'*alternative* comme disent les Anglais. Tu vois, tes bouquins me font davantage penser à un skeud de Nina Slash : du bruit, un balancement plutôt hip-hop mais pas la fusion du zicos inspiré. Y manque une transe plus clean, un finish nickel.

Je connais un bar dans le onzième, où j'habite, qui a misé une déco sur tes couvertures de bouquins, tous les murs sont recouverts de tes titres. Ce serait rock si on y allait ensemble, je te présenterais des gens vraiment bien. On aura toujours la possibilité d'organiser un petit speech pour parler de l'œuvre Schwerin.

L'autre fois, on a reçu Teblec (le critique littéraire) pour son dernier bouquin dans lequel il parle de sa vision de l'érotisme actuel (constat déplorable) : *Résolutions terminales pour la conquête de l'ennui.* Une lecture choc.

Je suis sûre qu'avec toi, ça se passera bien. Si on parle ensemble littérature, y aura des explosions, mais c'est ça qui fait les plus beaux débats. Je pense que t'es pas comme ces cinéastes frileux qui ne supportent aucune critique !

Tiens, pourquoi tu viendrais pas au journal où je bosse, on ferait une petite interview, quelques photos.

Je fais ça de bon cœur.

Salut, à bientôt,

Karine Boucherot

P.-S. : Mon adresse e-mail est...

Paris, le 6/5/98

Cher Marc Schwerin,

Je n'ai jamais lu vos livres et je ne sais pas si je les lirai mais je suis tombée sur quelques-unes de vos interviews. En ce moment, je m'ennuie alors j'ai pris ce morceau de papier pour raconter, pour me raconter.

Il faut dire que j'en ai des choses à dire. D'abord sentimentalement. Je suis une femme que la vie a brisée, j'ai trop fréquenté le monde de la nuit à une époque de ma vie. Tous les soirs, c'était l'inconditionnel sexe, drogue et rock'n'roll ! C'est à cette époque que j'ai rencontré l'amour. Il s'appelait Michaël, vingt-cinq ans, il était beau, guitariste dans un groupe de blues. Malheureusement, il était toxico. Je ne sais pas si vous avez déjà vu un mec se bousiller la santé avec de la blanche mais c'est pas joli-joli. Certains soirs, j'en prenais avec lui, c'était puissant, j'avais des visions hallucinantes. La dope, ça donne envie d'inventer une religion. Je dis ça mais j'ai jamais inventé de religion, mais l'idée m'a souvent traversée, preuve qu'à une autre époque, qui sait ? j'aurais peut-être marqué les esprits... Seulement un jour, Michaël a pété les plombs, il a voulu sauter par la fenêtre ; j'ai dû appeler les pompiers. On l'a sauvé d'extrême justesse. Des choses qui arrivent, il paraît.

Ma mère m'avait prévenue : « Je ne veux pas te voir avec un type aussi malsain. » J'ai claqué la porte, arrêté mes études pour bosser à plein temps comme serveuse dans une pizzeria.

Vous n'avez pas idée de l'exploitation patronale qu'est ce boulot à la con. Vous travaillez comme une folle pour le smic, les clients sont désagréables et on vous zieute les fesses sans arrêt. Sans compter qu'on finit par grossir parce que voir les autres bouffer, ça donne faim. J'ai pris au moins cinq kilos en trois mois ! Et c'est pas le patron qui a payé les cours de stretching — rien de mieux comme complément de régime. Tout ça ne serait pas arrivé si le conflit des générations était résolu. Ma mère a été la victime d'une éducation trop bourgeoise, elle voulait que je trouve un mari du genre ingénieur en informatique... ridicule ! Cette foutue éducation est trop *has been*. Après, elle s'étonne d'avoir des migraines. Moi je trouve ça logique : malheureuse comme elle est ! Il faut dire que les migraines apparaissent pour des raisons très variées. Le saviez-vous ? Trois quarts des migraineux sont des migraineuses qui ont en commun d'avoir des problèmes sexuels. Il y a un rapport évident entre sexe et circulation du sang (vivre avec un junky m'a appris au moins quelque chose !). Vous ne trouvez pas que c'est à la société de régler ce mal du siècle ? Si, en 68, un des slogans était « jouir sans entrave », vingt ans après, le nombre des migraineuses nous prouve qu'on n'est pas parvenus au bon résultat. Ils en parlaient, la semaine dernière dans *Biba*. J'aime bien ce magazine, les mannequins sont pas mal, un peu maigres peut-être. Cette mode des filles anorexiques ! Cest un complot contre les grosses... On a beau se moquer des grosses, n'empêche les canons de beauté de la préhistoire, elles étaient plus que girondes. *Biba* s'en fout, *Biba* veut des maigres, des filles avec des jambes comme des cous de poulet... ———————— ——————— ———————— ———— ————————

J'espère que vous aurez l'amabilité de répondre à une lectrice qui a fait l'effort de vous écrire.

Salut,

Christelle Martin

(LETTRE N° 18)

Vitry-sur-Seine, le 17/5/98

Cher Marc Schwerin,

Je ne comprends pas pourquoi vous n'avez pas répondu à ma lettre n° 17 ; je suis certaine qu'il y a un malentendu entre nous. Éclaircissons-le ! Peut-être avez-vous cru que je vous désirais physiquement ; soyez rassuré, ce n'est pas du tout le cas. Vous êtes même le contraire de mon genre d'homme : trop petit, fluet, et votre (unique) sourcil de latino est particulièrement débectant.

Ainsi, comme je vous le disais dans mes lettres n° 1 à n° 7, je voudrais que vous me donniez votre avis (voire votre coup de main éditorial) sur ma réécriture de *Glasgow Kiss.*

En effet, votre premier roman ne manque pas de bonnes idées mais son style est maladroit, étriqué et désuet. J'ai donc préparé une seconde version dans une écriture plus moderne. Car enfin, comment peut-on encore ignorer les découvertes du Nouveau Roman et continuer d'écrire en 1998 comme en 1898 ? *Glasgow Kiss* n'est pas mauvais mais j'ai pris la décision de supprimer les unités de temps et de lieu, ainsi que les personnages. L'ouvrage ressemble maintenant à un grand poème, un genre d'ode illuminée et énigmatique. Quand ça rimait, j'ai souligné en rouge pour que le lecteur comprenne.

Bien sûr, comme je suis aussi musicienne, j'ai enregistré *Glasgow Kiss* sur une cassette avec mes propres arrangements phoniques. La cassette a dû vous arriver avec la lettre n° 8 et j'attends toujours votre avis sur mon concept ainsi que sur l'aboutissement technique du projet.

Ma lettre n° 9 vous demandait de parler à votre éditeur d'un travail similaire concernant *L'Horreur boréale* ; il faut absolument la réécrire sous un autre angle. Théâtraliser l'intrigue. Comme je vous l'écrivais, j'ai mon idée : trois personnages (dont un qui est déjà dans votre livre) fument des cigarettes mentholées sur la scène, derrière eux je verrais bien un grand écran où seraient diffusés des scènes de guerre, des viols, des tortures, etc. J'appellerais ça : *Rhapsodie 756.* Les acteurs citeraient une phrase sur deux de votre bouquin, ce qui est suffisant. D'où l'idée de rhapsodie, en guerre contre l'harmonie. Entre chaque réplique, un orchestre improviserait un morceau, style rock (mais on peut en discuter ensemble). On appellerait ça du « Nouveau Théâtre ». Qu'en dites-vous ?

J'attends vos réponses (vous avez 17 lettres de retard), faites-les longues car j'aime beaucoup lire.

Dépêchez-vous de me contacter car il faut ABSOLUMENT mettre mes projets au point avant la rentrée littéraire, ce qui nous fait peu de temps.

Je vous redonne mon adresse, bien que vous l'ayez déjà en plusieurs exemplaires, ainsi que mes deux numéros de téléphone.

À bientôt,

Véronique Hautecloque

P.-S. : Pourquoi ne pas faire une interview croisée entre nous deux ? Je connais des magazines qui ne demanderaient pas mieux, et puis, ça vous ferait de la pub !

Bruges, le 1/6/98

Marc Schwerin,

Vous êtes un écrivain français d'origine allemande comme l'indique clairement votre patronyme germanisant. Grand bien vous fasse. J'ai lu tous vos livres avec l'attention dévote qu'on doit à tout écrivain, même s'il se croit plus grand qu'il n'est et s'il fait de son nez quand il est dans le monde médiatique. Votre premier roman se situe en Écosse. *L'Horreur boréale* se déroule dans l'ex-Allemagne de l'Est et puis ensuite c'est une avalanche de livres franco-français. Pourquoi évitez-vous avec une application bornée une action en Belgique ? Sans entrer dans un sentiment de persécution bien justifié par le comportement, ces derniers siècles, de notre grande voisine, je renifle un dédain très parisien — et a fortiori très très français — contre notre peuple. Il suffit ! Vous nous avez suffisamment colonisés, trompés, ravagés, raillés pour que nous trouvions votre manque d'égards, votre indifférence badine déplacés et même pis : insultants. Savez-vous que les Belges ne se réduisent pas à leurs frites (même si c'est chez nous qu'elles sont les meilleures) et à leurs gaufres (relire la parenthèse ci-dessus) ? Et je ne parle pas des « blagues ». Cela dit, entre nous, il faut bien être issu d'un peuple régicide pour inventer de telles bêtises et forcer les pieux sujets belges à les endosser !

Maintenant c'est à la fibre allemande (comme notre bon roi) qui vibre en vous que je voudrais m'adresser. Monsieur Schwerin, parlez des Brabançons, du petit peuple belge (si courageux) mais écrivez quelques lignes dans un décor fantastique belge. Ça nous ferait tellement plaisir (mais oui !), après l'Allemagne et la France, la Belgique bien sûr.

L'Europe se construit aujourd'hui aussi bien littérairement que politiquement. D'ailleurs, si vous passez nous voir en Belgique, vous vérifierez de vous-même le mot de Jules César, à savoir que nous sommes les « plus braves » de tous les peuples de la Gaule mais aussi d'excellents camarades.

Sur ces mots en partie validés par l'Histoire, je

salue Marc, embrasse Schwerin, et souhaite bon courage à l'auteur qu'aucun défi n'effraie.

Marie Bronders

Paris, le 3/6/98

Cher Marc,

On se connaît déjà un peu puisque vous m'avez signé un exemplaire d'*Un vers des nez*. C'était il y a deux semaines. On s'est tout de suite bien entendus, j'ai senti que le courant passait. Vous vous souvenez ? Je crois que oui. C'est moi la grande brune avec des yeux en amande, même que je portais un jean bleu et un col roulé noir.

J'adore ce que vous faites. Je vous ai déjà fait beaucoup d'éloges, sur vos livres, cependant ma timidité m'a interdit de vous parler des points moins positifs de votre prose. Voilà : *Glasgow Kiss* est incontestablement le meilleur de vos livres. Il faudrait absolument revenir à ce niveau d'écriture parce que le reste de votre œuvre est une lente décadence. Ne le prenez pas mal, c'est parce qu'on est amis maintenant que je vous dis la vérité. Le style d'un écrivain s'assèche parfois, c'est même souvent un gage de qualité puisque de très grandes plumes en ont été les victimes, mais un bon conseil (comme une pluie d'été) peut redonner au vieil arbre sa vigueur. Ne pas dépérir, retrouver la foi de *Glasgow Kiss*, sa vitalité juvénile, sa voix profonde, sans compromis, ses descriptions poétiques... Voilà mon conseil.

Une rencontre peut bouleverser des destinées, c'est ce qui s'est passé pour vous et moi. Aujourd'hui je me sens libre de vous écrire, ça me fait du bien. Je veux croire qu'il en est de même pour vous qui me lisez.

Donnez-moi de vos nouvelles.

À très bientôt.

Sandra Hobereau

P.-S. : Dans une prochaine lettre, je parlerai plus de moi, une fille doit savoir se dévoiler lentement...

Bellac (Haute-Vienne), le 6/6/98

Cher Marc Schwerin.

Ce livre que vous venez de publier, je le tiens encore superstitieusement dans mes mains à cet instant où, fébrile et heureuse, je vous écris.

Cela faisait longtemps que j'espérais une œuvre aussi divertissante que *Don Quichotte*, importante qu'un livre de prières, nécessaire qu'un livre de morale et d'éducation à l'usage des jeunes filles. J'admire en effet qu'un homme de notre époque exige plus de droiture de la part du sexe féminin.

N'essayons pas de ressembler à des hommes, nous n'en sommes pas ! Nous sommes des individus frêles et émotifs, c'est ainsi que Dieu nous a faites et c'est tant mieux.

Les Vers du nez : un titre amusant pour un manuel d'éducation à l'usage des jeunes filles. Un livre qui a trouvé autant d'écho en moi que la voix de Dieu en procura aux mystiques.

Cela tombe bien car je me suis entièrement reconnue dans votre idéal féminin : à l'âge de vingt-neuf ans, je demeure intouchée et farouche, pieuse et patiente. Le contraire de ces garces d'aujourd'hui qui se donnent avant le mariage et qui, au travail, pensent être pourvues d'autant de glandes viriles que leurs amants de la veille. Quelle horreur ! Je repense à une citation magnifique du grand Charles Maurras :

Comme la poésie, comme l'amour
la tradition est faite d'une entente
délicate d'accords subtils.
Un rien la trouble.

Toutes ces filles qui veulent être modernes distillent dans la société une vulgarité stérile de viragos et, en conséquence, salissent la droiture d'autres membres du beau sexe en prétendant faire avancer une cause « féministe » qui les dépasse.

Nous, vraies jeunes filles d'un pays ancien, refusons d'être symbolisées par des individus androgynes et décadents et nous reconnaissons dans l'espoir de valeurs génératrices (depuis quarante ans lâchement abandonnées) puisées dans le chef-d'œuvre de Marc Schwerin, *Les Vers du nez* !

Comment remercier un auteur à la verve grandiose ? J'ai eu l'idée d'écrire au directeur de la revue *Réaction* qui, comme vous, critique la modernité et traite plaisamment de catholicisme et de monarchie. Vous avez en commun le culte de l'esthétisme, bastion des grandes puissances, ainsi que le refus de la facilité et du fatalisme sémitique — qui est au goût de notre époque — et ces choix de pensées vous ennoblissent jusqu'à la gloire.

Merci pour tout.

Anne-Catherine Berthier

Paris, le 17/6/98

Marc Schwerin,

Dans le petit milieu artistique et littéraire que je fréquente, on dit des choses. Ces bruits sont soit vrais, soit des calomnies, à vous de me le dire, mais vous avouerez volontiers quand vous saurez ce que je sais qu'il y a de quoi être troublée.

Ainsi, un jour, une amie d'un ami dont je préfère taire le nom me présenta une lettre extrêmement étrange. Cette missive était un aveu. Vous savez sûrement combien un aveu écrit peut être vibrant s'il est étayé de trouvailles de style talentueuses et surtout s'il comporte à la fin une signature de renom. Eh bien, figurez-vous que c'était le cas de la susdite lettre.

Cette confession d'imposture littéraire me troubla donc car l'auteur dévoilait clairement que son succès de plume était tout bonnement volé à de pauvres esclaves (des nègres comme il les appelait), qu'il en était confus et en souffrait. J'eus de la peine pour ce Machiavel de pacotille, surtout que je ne comprenais pas son geste car la plupart des auteurs qui ont recours à ce genre de procédés ne pipent pas. D'un autre côté, il était difficile de ne pas croire ses propres mots, l'aveu était clair et franc et signé de la main de Marc Schwerin.

On dit que cette écriture, cette signature sont les vôtres, on dit aussi que vous testez physiquement vos sujets avant de les narrer sur le papier (vous iriez même jusqu'à battre des femmes pour maîtriser la description exacte du bruit des fractures...). Oh, puis on dit d'autres choses...

Cabale, machination ou glaciale vérité ? C'est à vous de me le dire.

Nathalie Sabot

Onze lettres, onze exemples idiosyncrasiques qui chantent le fiasco de mes résolutions. Elles souhaitent, demandent, exigent, enquêtent, intriguent, allument (pensent-elles), rivalisent de hardiesse pour verrouiller ma défense. Onze : une équipe de foot en jupons qui attend son heure ; au premier dégagement que je tenterai sur l'une d'elles, le jeu se déliera et libre à elle de faire de moi son prisonnier, si elle y arrive. La plus naïve est parfois la plus maligne, derrière la plus brillante d'une première missive se déguise une idiote épanouie dans l'écriture. Gare à moi ! Si je réponds à son envoi, elle me touche.

J'ai écrit *Les Vers du nez* pour parer à la fébrilité hystérique de deux d'entre elles ; l'homme a besoin de défoulements... Je ne voulais en garder qu'une, de loin la plus drôle, malgré elle, celle dont les remarques clownesques m'arrachaient des rires d'enfant. Celle qui lançait des diatribes rodées dans les plus grandes écoles contre les plus infimes détails de la vie. Ça me plaisait. C'était consternant.

Mais attention, dit la lectrice, ton fantasme d'unité te tend un piège, tu crois tenir la bonne muse, le plus beau jouet de ta malle d'enfant, tu veux le tirer de son bercail de bois et soudain, c'est un camion hurlant qui te tombe sur la gueule.

Le plus difficile est de ne pas réagir, d'ignorer leurs corps, leurs tentations. Aurai-je la force de ne pas leur répondre ?

J'ai écrit un livre pour me débarrasser d'elles. Pourquoi n'en ont-elles pas fini avec moi ?

Ce qu'elles veulent ? M'approcher, me palper, me sonder, et puis quand l'une d'entre elles aura obtenu ce qu'elle veut, qu'elle m'aura possédé en me pompant le temps, elle tentera des expériences, m'invitera à des dîners et ses petites mandibules malaxeront mes nerfs. « Et vous en pensez quoi, vous, des filles qui portent des socquettes avec des chaussures de ville ? » ; « Tu crois que serrer la main à un Arabe, c'est un geste politique ? » ; « Comment ? Vous avez oublié mon anniversaire alors que ça fait presque six mois qu'on s'écrit ! » ; « Si si, j'insiste, je n'ai jamais pu me faire à Proust, mais vous, par contre, c'est du gâteau ! Vous lui êtes tellement supérieur. Ne trouvez-vous pas — je risque de vous choquer, mais, que voulez-vous, je suis comme ça : rebelle — que la *Recherche* est comment dire... loukoum ? Pourquoi vous énervez-vous ? »

Oh, je vois la scène d'ici : le géant attaqué par une bande de lilliputiennes amoureuses qui me ligoteront les pieds et les mains avec des mots brûlants aussi tartes que leur admiration et, quand enfin elles m'auront vidé de ma verve, il ne restera plus rien.

"L'été de tous les dangers"

Désagrégé(e)

Christophe Ono-dit-Biot

Il faut être maudit pour rater l'agrégation, le but de sa vie, pour un simple demi-point. Mais rester sur cet échec n'est pas dans le caractère d'Arthur, jeune homme plein de ressources et très imaginatif. Puisque son meilleur ami, César, vient d'être reçu, assassiner ce dernier lui paraît être la solution. Un poste se libèrerait ainsi d'office et l'administration n'aurait plus qu'à l'admettre à sa place dès la rentrée de septembre. Loin de Paris, à l'occasion de vacances communes à Cuba, le crime serait d'autant plus facile à accomplir. Seulement voilà, les événements prennent un tour inattendu...

(Pocket n°11344)

"Voluptés de la vengeance"

La dette

Marc Kryngiel

Le garçon qu'Estelle de Taine s'est mis en tête d'épouser est un être falot et angoissé, irresponsable et égoïste. Il vient d'abandonner une fille enceinte, et Estelle le trouve au lit avec une autre la veille de leur mariage. Mais elle ne commence à s'affoler que le jour où le jeune homme s'avère être un joueur de poker impénitent et un désastreux courtier. Un type voué à courir de calamités en catastrophes. Estelle se décide alors à préparer secrètement un châtiment inattendu…

(Pocket n°11289)

"Retour d'une déportée"

Le non de Klara

Soazig Aaron

Dans son journal, Angélika rapporte le témoignage de Klara, son amie et belle-sœur qui a survécu à Auschwitz. Maigre et maladive, la jeune femme ne peut se remettre de ses douloureux souvenirs. Fille d'une mère juive et d'un père allemand, Klara a vu ce dernier abandonner la famille pour servir la SS. Elle a vu la mort aussi, de près. La torture. La violence. Privée de bonheur et de toute appartenance à une communauté, Klara prendra un choix difficile pour changer radicalement de vie...

(Pocket n°11801)

Achevé d'imprimer sur les presses de

BUSSIÈRE

GROUPE CPI

à Saint-Amand-Montrond (Cher)
en avril 2004

POCKET - 12, avenue d'Italie - 75627 Paris Cedex 13
Tél. : 01-44-16-05-00

— N° d'imp. : 41730. —
Dépôt légal : mai 2004.

Imprimé en France